btb

Mit »Mutter« legt Melitta Breznik ein intensives Kammerspiel vor, der langsame Abschied von der Mutter. Als Tochter, Pflegerin und Ärztin, die ihre Mutter in den letzten Monaten beim Sterben begleitet, schildert die Autorin mit genauem Blick die Veränderungen, die von den beiden Frauen Besitz ergreifen. Es gibt Momente der Verbundenheit, der Trauer, des Lichts, Kleinigkeiten erstrahlen in schlichter Schönheit in diesen letzten Tagen. Eine Familiengeschichte wird erzählt, bis zurück zu den beiden Kriegen. Fragen nach Schuld und Vergebung tauchen auf und nach dem, was bleibt, wenn jemand stirbt. Ein dichtes Buch über das Sterben. Tiefgründig, ehrlich, liebend und klar.

Melitta Breznik, geb. in Kapfenberg, Österreich, studierte Humanmedizin und wurde zur Praktischen Ärztin ausgebildet, bevor sie sich als Fachärztin in Psychiatrie und Psychotherapie spezialisierte. Sie lebt in der Schweiz im Kanton Graubünden. Bei Luchterhand sind von ihr bisher erschienen: »Nachtdienst« (Erzählung 1995), »Figuren« (Erzählungen 1999), »Das Umstellformat« (Erzählung 2002), »Nordlicht« (Roman 2009), »Der Sommer hat lange auf sich warten lassen« (Roman 2013).

Melitta Breznik

Mutter.

Chronik eines Abschieds

btb

Sollte diese Publikation Links auf Webseiten Dritter enthalten, so übernehmen wir für deren Inhalte keine Haftung, da wir uns diese nicht zu eigen machen, sondern lediglich auf deren Stand zum Zeitpunkt der Erstveröffentlichung verweisen.

MIX
Papier aus verantwortungsvollen Quellen
FSC® C014496

Penguin Random House Verlagsgruppe FSC® N001967

1. Auflage
Genehmigte Taschenbuchausgabe April 2022

Covergestaltung: semper smile, München,
nach einem Entwurf von buxdesign, München
Covermotiv: Plainpicture (Janklein; Joseph S. Giacalone)
Druck und Einband: GGP Media GmbH, Pößneck
cb · Herstellung: sc
Printed in Germany
ISBN 978-3-442-77222-3

www.btb-verlag.de
www.facebook.com/btbverlag

»Es ist später als Du denkst«

Inschrift auf einem Marmorstein
in Laas, Südtirol

Als ich auf die Welt kam, so erzählte Mutter, war ich ein hässliches, untergewichtiges Etwas, umhüllt von einem bittersüßen Geruch, der von einer käsigen, schuppigen Schicht auf meinem Körper herrührte. Zwei Wochen hatte ich mir nach dem errechneten Geburtstermin Zeit gelassen, sodass die Ärzte schon gemeint hatten, ich würde kaum lebend zur Welt kommen. »Mit einundvierzig wollte ich kein Kind mehr, aber als ich Dich in meinen Armen hielt, war alles gut.«

1

17. Oktober. Seit gestern bin ich hier bei Mutter. Ihre Stimme am Telefon klang verändert, der dunkle Ton fehlte, die Melodie der Sätze war ungewohnt eintönig, karg. Sie habe starke Bauchschmerzen, immer wieder erbrochen. Der Arzt habe gemeint, sie solle auf Blähendes und Fettes verzichten, aber das tat sie ohnehin. Kein Lauch, kein Kohl, Mutter hatte den Speiseplan der Familie an ihre Bedürfnisse angepasst, nur manchmal gab es in meiner Kindheit Käferbohnensalat mit Kürbiskernöl für Vater, mit kleingehackten Zwiebeln und Knoblauch, wie es in der Gegend üblich war. Mutter war Ende der Vierzigerjahre aus Frankfurt am Main in diese steirische Kleinstadt gekommen und hatte gelernt zu kochen, wie es die Männer hier von ihren Frauen erwarteten.

Seit Mutter Ende achtzig war, wurden die Wege zum Einkaufen beschwerlicher. Eines Tages zeigte sie mir Unterlagen über eine ihrem Alter angepasste kleine Wohnung. Dann war alles schnell gegangen. Mutter entwickelte unerwarteten Eifer, und wir pilgerten von einem Einrichtungshaus zum anderen, um das neue Mobiliar auszusuchen, das sie sich von ihrem Ersparten und etwas Geld von mir anschaffte. Sie wollte fast nichts mitnehmen, es sollte ein Neuanfang sein, für diesen letzten Abschnitt in ihrem Leben, der mit einem Umtrunk für die ehemaligen Nachbarn der Burggasse in ihrer neuen Bleibe begann.

Seit zwei Jahren lebt sie hier mit sieben älteren Frauen in dem zweistöckigen Wohnhaus nicht weit vom Stadtzentrum. Der Gesellschaftsraum im Parterre bietet genügend Platz, um gemeinsam Kaffee zu trinken oder Karten zu spielen, vormittags kümmert sich eine Sozialhelferin der Gemeinde darum, wenn etwas zu organisieren ist, ein Besuch des Hausarztes oder der Krankenpflege. Es gibt keine Männer hier, aus der Generation der Kriegsteilnehmer sind die meisten verstorben oder im Altersheim. Mutter hat sich gut eingelebt, der Alltag mit begehbarer Dusche, kleiner Kochzeile und Terrasse gestaltet sich komfortabler als in ihrer alten Wohnung, in der sie nach der Trennung von Vater die letzten fünfundzwanzig Jahre verbracht hat. Sie liebt es, in der warmen Jahreszeit ihren Mittagsschlaf im Liegestuhl vor ihrem Wohnzimmer im Freien zu halten und den Wind in den Haaren zu spüren. In einem kleinen Beet zieht sie Petersilie, Thymian und Pfefferminz, lässt Kletterrosen am Windschutz emporwachsen, die sie mit Hingabe pflegt, meist gemeinsam mit Frau Gabriel, die ihr seit einigen Jahren einmal in der Woche schwere Haushaltsarbeiten abnimmt.

Zunächst zögerte ich hierherzukommen, denn Mutter litt, seit ich mich zurückerinnern kann, an Unpässlichkeiten, die immer wieder verschwanden, so schnell wie sie gekommen waren, und ich hoffte, es würde auch diesmal so sein. Ich hatte meinem Bruder, der in einer benachbarten Kleinstadt lebt, telefonisch die Lage geschildert, er wusste bereits Bescheid, und ich bat ihn, am selben Tag bei Mutter vorbeizuschauen und mir über ihren aktuellen Zustand zu berichten, da ich nicht wisse, ob meine Anreise nötig sei. Die nächsten Wochen in Basel hatte ich bereits verplant, ich führte Gespräche mit Chefärzten von psychiatrischen Kliniken, in denen ich mir meine nächste Arbeitsstelle vorstellen konnte. Zudem hatte ich ein Jahr Auszeit genommen, um an einem Buch zu arbeiten. Für die Recherchen dazu war ich zunächst nach Griechenland gereist, ins Gebiet der Felsen von Meteora, wo mein Vater einige Monate als Wehrmachtssoldat stationiert gewesen war. Eine Reise hatte mich auch nach Südengland geführt, nach Romsey, eine kleine Stadt nahe Southampton. Dort war er zwei Jahre lang als Kriegsgefangener interniert gewesen. Viel Zeit verbrachte ich in Archiven in Wien, London und Freiburg im Breisgau, um Unterlagen über Einheiten zu studieren, denen mein Vater im Laufe des Kriegs zugeteilt worden war. Ich war auf der Suche nach der Katastrophe, deren Schatten ihn als Vater hatten versagen lassen. Er hatte sich im Laufe der Jahre, als Quartalstrinker, nach und nach vom Leben zurückgezogen. Zum Abschluss meiner Recherchen war ich nach Frankfurt gefahren, genauer gesagt nach Bergen-Enkheim und Fechenheim, Vororte, in denen Mutter aufgewachsen war und wo sie während des Krieges Vater kennengelernt hatte. Zuletzt hatten Mutter und ich vor ein paar Jahren dort Station gemacht, wir waren unterwegs zu vier psychiatrischen Kliniken in Hessen, auf der Suche nach Dokumenten über ihre Mutter, die dort interniert gewesen und unter unklaren Umständen zu Beginn der Vierzigerjahre verstorben war.

Von Frankfurt aus telefonierte ich mehrmals täglich mit Mutter, in der Hoffnung, sie würde sich erholen. Doch als sie mir sagte, sie könne das Bett kaum mehr verlassen, machte ich mich ohne weiteres Zögern auf den Weg hierher. Bei meiner Ankunft war ich überrascht, Mutter fröhlich zu sehen. Als ich sie, noch an der Türe, nach dem ersten Kuss auf ihre weiche Wange, die vertraut roch, vorsichtig umarmte, noch unsicher, wie fest ich sie berühren durfte, fühlte sie sich federleicht an. Fast war ich versucht, sie, die einen Kopf kleiner war als ich, hochzuheben wie ein Kind. Die Berührung löste in mir ein Gefühl von Geborgenheit aus, doch diese Nähe stellte sich meist nur in kurzen Momenten ein, als Auftakt meines Besuches und dann beim Abschied. Dazwischen war jeder körperliche Kontakt mit einem alten Tabu belegt. Nur nicht zu nahe, nicht zu lange die Hand halten, übers Haar streichen, nur nicht.

2

Mutter trägt ein gelbes Hauskleid. Es ist ein einfach geschnittenes Stück, das sie vor ein paar Jahren selbst genäht hat. Das Gelb passt zu ihren Haaren, die sich in dünnen Wellen weich um ihr Gesicht legen. Es ist später Vormittag, und wir sitzen auf der sonnenerwärmten Terrasse ihrer Wohnung, ein lauer Oktobertag hat sich über die Stadt gebreitet, mild und unerwartet. Mutter wirkt zerbrechlich und hat Mühe, Haltung zu bewahren und so zu tun, als fühle sie sich besser als in den Tagen davor. Meinen Vorschlag, den Hausarzt zu konsultieren, verwirft sie mit einer ablehnenden Geste, ein weiteres Insistieren würde nichts fruchten. Also erzähle ich von meiner Reise und beginne mit den Vorbereitungen für das Mittagessen, lege den Inhalt der Einkaufstasche auf dem Klapptisch aus, während sie zurückgelehnt im Sessel sitzt und die Sonne das Weiß ihrer Haare zum Leuchten bringt. Ich kenne Mutter nicht anders als mit dieser Frisur, und in mir tauchen Bilder aus meiner Kindheit auf, von der Friseurgehilfin, die über die mit Lockenwicklern bestückten Köpfe hinweg Tageskonversation führte. Das Geschnatter der Frauen schien sich gegenseitig aufzuladen, jede gab Geschichten über diesen und jene zum Besten. Die Rede war meist vom Werk, diesem zwischen dunkel bewaldeten Bergen schnaubenden Ungeheuer, das über die Jahre immer wieder einen der Ehemänner, Väter oder Verlobten bei der Arbeit am Hochofen oder am Stahlhammer verschlungen hatte. Ich war neun Jahre alt und wünschte mir, Mutter würde sich für eine Färbung entscheiden, dunkelblond, was mir die Frage meiner Mitschüler ersparen würde, warum ich bei meinen Großeltern wohnte. Mutter sagte oft, das rasche Ergrauen habe kurz nach meiner Geburt begonnen, buchstäblich über Nacht.

Mutter und ich schneiden Gemüse, das ich an einem Marktstand in der Altstadt gekauft habe. Suppenhuhn vom Bauern aus der Gegend soll es geben, gewürzt mit Lorbeer, Majoran und Petersilie, so, wie sie es für mich gekocht hatte, wenn ich fiebrig von der Schule nach Hause kam und mich sofort ins Bett legte. Gelegentlich gab es auch sonst Hühnerbrühe, die Bouillon wurde am Sonntag mit Griesnockerl vor dem Schnitzel serviert. Die Sonne wärmt mir den Rücken, während wir einträchtig schälen, zerkleinern und die bunten Stücke in einer Glasschüssel sammeln. Ich beobachte, wie Mutter die Karotten in Scheiben schneidet, alle anderen mir bekannten Köchinnen verarbeiten sie zu länglichen Stiften. Die Suppe wird aussehen wie in meiner Kindheit, Erbsen und Möhren, kleine grüne Kugeln und orange Medaillons, die mit den golden glänzenden Fettaugen und der frisch geschnittenen Petersilie an der Oberfläche im Teller ein appetitliches Bild abgeben. Im Stillen wünsche ich mir, sie solle durch meine Fürsorge rasch genesen. Wenn ich in der Gegend wohnen würde, könnten wir öfter miteinander kochen, dann wäre es selbstverständlich, einträchtig Strudelteig zuzubereiten, der so schmeckt, wie er immer geschmeckt hat. Als Jugendliche hat mich die Angst davor, eine Hausfrau zu werden wie meine Mutter, die mittags mit dem Essen auf ihren Mann und die Kinder wartet, davon abgehalten, mit ihr am Herd zu stehen. Erst als ich über dreißig war und als Ärztin in der Schweiz arbeitete, wollte ich wissen, wie sie die Marillenknödel zubereitete, fragte nach dem Rezept für den Topfenstrudel, den Kaiserschmarren, die Rindsrouladen. Vielleicht hätte Mutter mein Leben aufgefressen, wenn ich in ihrer Nähe geblieben wäre. Ich behalte den Gedanken für mich.

Das Huhn kocht in einem großen Topf langsam vor sich hin, Mutter hat sich aufs Sofa im Wohnzimmer gelegt, ich sitze allein auf der Terrasse, es weht ein warmer Herbstwind, und für einen kurzen Moment ist es wie früher, als ich noch klein war. Gleich würde Vater nach seiner Arbeitsschicht im Werk müde zur Tür hereinkommen und, nachdem er die Hände und das Gesicht gewaschen hätte, mit der Zeitung in der Hand in der Küche Platz nehmen, bis die Gemüse-, Gulasch- oder die Griesnockerlsuppe angerichtet war. Dann würden wir zu Tisch gerufen werden.

Während wir langsam die heiße Suppe löffeln und Mutter mir von ihren Nachbarinnen im Haus erzählt, stelle ich mir vor, es würde so sein wie bei meinen früheren Besuchen. Mutter hatte sich in meiner Gesellschaft meist schnell erholt. Möglicherweise ist es die Erschöpfung nach der Magenverstimmung, die sie in diese düstere Herbststimmung abgleiten lässt, unter der sie in den letzten Jahren zunehmend leidet. Nach einem halben Teller Suppe klagt sie über Bauchschmerzen und kurz darauf erbricht sie alles. Sie schleppt sich vom Badezimmer ins Bett und schläft erschöpft ein. Ich wasche in der kleinen Küche leise das Geschirr und beschließe, am nächsten Morgen mit Mutter ins Krankenhaus zu fahren. Mutters Zustand ist ernster, als wir beide es wahrhaben wollen. Verzagt setze ich mich an den Esstisch gegenüber der offenen Tür zum Schlafzimmer, sehe Mutter auf ihrem Bett liegen, zugedeckt mit einer rostbraunen Wolldecke, die sie bis zu den Schultern hochgezogen hat, beobachte von weitem ihr Gesicht, dessen Züge sich langsam glätten, und beginne in mein Tagebuch zu notieren.

Draußen vor den hohen Fenstern zur Terrasse zieht sich das Licht langsam aus der Landschaft zurück. Die Welt beschränkt sich auf das schwach von der Stehlampe erleuchtete Wohnzimmer mit dem goldgelben Sofa, die darauf drapierten Kissen, den Esstisch mit vier Stühlen aus hellem Holz, die Anrichte, auf der Gegenstände für Mutters täglichen Gebrauch bereitliegen. Fein säuberlich nebeneinander finden sich dort das Blutdruckmessgerät, die ovale Pillendose, ein Pack Taschentücher, ein kleiner Stapel ungleich quadratisch zurechtgeschnittener Zettel für die Einkaufsnotizen, darauf ein Kugelschreiber mit der Aufschrift einer Bank. Zuhinterst steht ein Wochenkalender, den Mutter von ihrer Nichte geschenkt bekommen hat, er zeigt »Frauen von Tahiti am Strand« von Gauguin, ein buntes Bild, friedvoll. Eines der beiden dunkelhäutigen Mädchen sitzt nachdenklich im Sand und sieht am Betrachter vorbei, sie trägt ein blassrosa Kleid, die zweite junge Frau kauert mit in sich gekehrtem Blick daneben. Im Hintergrund ein satter hellgrüner Streifen, der sich gegen die anbrandenden sanften blauschwarzen Wellen des Wassers abhebt.

3

Mitternacht, die Deckenleuchten in allen Zimmern sind eingeschaltet. Vielleicht ist Mutter ins Bad gegangen. Zunächst lausche ich, stehe auf, sehe durch die offene Schlafzimmertüre, sie liegt ruhig im Bett, schläft tief. Ich gehe ganz nah zu ihr hin, um ihre Atemzüge zu hören, so wie ich es früher getan habe, als Kind, denn ich hatte oft Angst um sie, um ihr Herz, das eines Tages versagen würde. Manchmal kam der Hausarzt, wenn Mutter bleich auf dem Küchensofa lag, schwer Luft holte und eine Hand an ihren Brustkorb hielt, als müsste sie in ihrem Leben innehalten. Nachdem der Arzt ihr eine Spritze gegeben hatte, saß ich still in einer Ecke, bis sie eingeschlafen war. Vater hatte im Wohnzimmer den Fernseher lautlos geschaltet und ließ sich nicht blicken. Tags darauf war der Spuk vorbei und Mutter arbeitete wieder im Garten, an der Nähmaschine, oder war in der Küche mit dem Einkochen von Marillenmarmelade beschäftigt.

Am Morgen erzähle ich Mutter von der hell erleuchteten Wohnung und sie schüttelt den Kopf, sagt, sie sei nicht aufgestanden, um auf die Toilette zu gehen. Nach einer Weile meint sie, das Licht von letzter Nacht sei ein Gruß ihrer Mutter aus dem Reich der Toten. Auch wenn ich es nicht wahrhaben will, vielleicht ist die Zeit gekommen, Abschied zu nehmen. In den letzten Jahren, wenn ich sie nach einem Besuch an der Haustüre umarmt hatte und zum offenen Autofenster hinauswinkte, dachte ich oft, ich würde sie zum letzten Mal sehen. Ich rang um Fassung, bis die kleine Gestalt, die mir im Schein der Eingangslaterne nachwinkte, in der Kurve der Siedlungsstraße aus dem Sichtfeld verschwunden war. Erst dann ließ ich meinen Tränen freien Lauf und versuchte mich auf der Fahrt nach Graz zum Verladezug, der mich durch die Nacht ans andere Ende von Österreich tragen würde, langsam zu beruhigen. Bei einem ihrer häufiger werdenden Krankenhausaufenthalte im vergangenen Sommer hatte sie mich bis zur Eingangstüre begleitet, und ich sagte ihr, dass ich aller Wahrscheinlichkeit nach nicht rechtzeitig bei ihr sein könnte, wenn sie sterben würde. Mutter meinte, mit einem verlegenen Lächeln um den von Falten gezeichneten Mund, »diesen Gang muss ich wohl alleine hinter mich bringen«. Immer bedrängte mich das Gefühl, dass es noch irgendetwas gab, das ich ihr sagen sollte, etwas, das nicht verloren gehen durfte zwischen uns. Als sie in der hohen verglasten Empfangshalle stand, in ihrem dunkelblauen japanischen Morgenmantel, mit den notdürftig frisierten Haaren, den blauen Augen, denen noch immer ein Glanz innewohnte, sprang mich ihr Alter an. Ich hatte diese Tatsache in den Jahren davor immer wieder verdrängt.

Mutter hatte vor dem Zubettgehen einer Untersuchung im Krankenhaus zugestimmt. Mit einem leisen Stöhnen holt sie ihre Schuhe aus der untersten Lade des Vorzimmerschrankes, wobei sie sich nicht helfen lässt. Ich trinke noch ein Glas lauwarmes Wasser im Stehen, frühstücken mag ich nicht, ich habe keinen Appetit. Während der zehnminütigen Fahrt schweigen wir, und als ich Mutter vor dem Haupteingang aussteigen lasse, geht sie langsam, auf ihren Rollator gestützt, in ihrer dickköpfigen Selbstständigkeit, die sie nicht auf mich warten lässt, die schräge Rampe hinauf. Nachdem ich eilig das Auto geparkt habe, hole ich sie ein, in der Hand die kleine Reisetasche, die sie für solche Fälle mit dem Notwendigsten gepackt im Kleiderschrank bereithält. Wir sind bei der gläsernen Schiebetüre angelangt, bleiben kurz stehen, und als ich zu ihr hinübersehe, erwidert sie meinen besorgten Blick.

Das Warten im Vorraum zu den Untersuchungszimmern erträgt sie mit Geduld, wir wechseln nur ab und zu einen Satz, das Schweigen von vorhin ist einer Erwartung gewichen. Unsere Aufmerksamkeit richtet sich auf die grauen Türen, hinter denen sich das medizinische Personal zu schaffen macht, bald wird Mutters Name gerufen. Neben uns sitzen zwei ältere Frauen, die sich unablässig mit lauten Stimmen über ihre Gebrechen unterhalten. Ihr Gerede irritiert mich, und so betrachte ich die weiß getünchten Wände, die großflächigen Fenster, mit Sicht auf einen Innenhof, der mit einem für diese Jahreszeit ungewöhnlich grünen Rasen bewachsen ist.

Kaum jemand außer dem Gärtner wird ihn je betreten, ein Unort zwischen den Gebäuden. Das Krankenhaus ist mir vertraut, ich habe hier einen Teil meiner Turnuszeit absolviert, doch kann ich jetzt nicht das tun, was ich sonst als Arzt tun würde, Patienten untersuchen, behandeln, ihnen zuhören und am Abend nach Dienstschluss nach Hause gehen. Jetzt sitze ich hier im Warteraum als Tochter meiner kranken Mutter.

Die junge Ärztin, die uns begrüßt, bemüht sich, Mutter beim Ausziehen zu helfen, versucht so sanft wie möglich an ihrem Bauch zu tasten, um herauszufinden, wo es wehtut. Die Kunst des Handanlegens nach alter Manier, dieses inzwischen fast nebensächlich gewordene Ritual, dem von jungen Ärzten kaum mehr hohe Aussagekraft beigemessen wird, wie lange wird es sie noch geben? Mich wird später einmal niemand mehr so berühren, wie Mutter jetzt berührt wird. Man wird mich am Eingang zum Spital in einen Diagnosetunnel schieben, an dessen Ende mir die Ergebnisse der Untersuchung von einer Computerstimme mitgeteilt werden.

Mutter verzieht immer wieder den Mund, lässt aber, ohne sich zu beklagen, alles über sich ergehen, erträgt stoisch den Druck des Ultraschallkopfes, den die Ärztin an Mutters Bauchwand presst. Die junge Frau dreht den Bildschirm unter fortlaufenden Erklärungen in meine Richtung, damit ich die ineinanderfließenden grauweißen Flächen, welche die unterschiedlichen Organe darstellen, besser sehen kann. Gleich zu Beginn habe ich ihr gesagt, ich sei Kollegin, hätte hier im Krankenhaus einen Teil meiner Ausbildung absolviert, arbeite jedoch seit Jahren in der Psychiatrie. Ihre Art, mit Mutter und mir umzugehen, wirkt natürlich, sie ist durch meine Anwesenheit nicht eingeschüchtert und erklärt uns, sie könne wegen der aufgeblähten Darmschlingen nicht feststellen, was der Grund für die Beschwerden sei. Ein MRI würde weiterhelfen, und wenn wir Glück hätten, gäbe es am Vormittag noch einen Untersuchungstermin.

Während sich Mutter langsam anzieht, hole ich einen Rollstuhl am Informationsschalter in der Eingangshalle und schiebe sie mit einem dankenden Gruß für die Ärztin zurück in den Wartebereich. Nach einer halben Stunde, während der wir still nebeneinander sitzen und lustlos und unkonzentriert in den dort ausliegenden bunten Magazinen blättern, krächzt hell eine Frauenstimme aus dem Lautsprecher Mutters Namen. Sie solle zum Röntgentrakt kommen. Nachdem das MRI durchgeführt ist, werden wir mehr über die Ursache ihrer wochenlangen Übelkeit wissen, die ich inzwischen nicht mehr auf eine Infektion zurückführe. Mutter ahnt vermutlich dasselbe, aber wir sprechen es nicht aus. Vor zwanzig Jahren hatte sie bereits eine Operation wegen Unterleibskrebs hinter sich gebracht, später war sie an Brustkrebs erkrankt und musste sich nach dessen Entfernung einer Bestrahlung unterziehen. Sie hatte alles ohne Murren akzeptiert, die bleierne Müdigkeit, die sie überwältigt hatte, bezeichnete sie als »Schlafkrankheit«, die es ihr endlich erlaube, ungestraft im Bett zu bleiben. Sie hatte sich »durchgekämpft«, wie sie einmal sagte, und nie den Anschein erweckt, als hätte sie Angst vor dem Tod.

Mutter ist in den Untersuchungsraum verschwunden. Im Fenster gegenüber der Wartekoje, in der ich Platz genommen habe, spiegeln sich die Umrisse meines Körpers, mein Gesicht kann ich nicht erkennen, es ist überlagert von den Umrissen der auf dem Parkplatz in der Morgensonne schimmernden Autos. Ich sehe einige Menschen, die hierhergekommen sind, um eine Untersuchung zu machen, deren Ergebnis vielleicht ihr Leben verändern wird, eine junge Frau mit einem schreienden Kind, das sie auf dem Arm trägt, ein alter Mann, der auf Krücken gestützt ein Bein schleppend nachzieht.

In meine Beobachtungen versunken, reagiere ich zunächst nicht, als mich ein Arzt anspricht, den ich aus dem Studium kenne und den ich hier nicht erwartet hätte. Wir hatten gemeinsam für die Anatomieprüfung gelernt und mit anderen Studenten, die zu unserer Seziergruppe gehörten, an den Wochenenden Ausflüge aufs Land unternommen, um dem alles durchdringenden Gestank nach Formalin zu entkommen. Auf seine Frage, warum ich hier sei, erzähle ich von Mutter. Er gibt mir seine Telefonnummer, ich verspreche, mich bei ihm zu melden. In einer anderen Situation hätte ich mich darauf gefreut, Erinnerungen über Bekannte aus der gemeinsamen Zeit auszutauschen, doch ich mag nicht reden, habe mir am Morgen einen Harnisch übergestreift, um gewappnet zu sein. Die junge Ärztin gibt mir nach einer Weile Bescheid, ich könne Mutter in den zweiten

Stock begleiten, sie würde auf alle Fälle stationär aufgenommen, ich solle im Sekretariat der Röntgenabteilung fragen, ob ich mit dem zuständigen Kollegen über den Befund sprechen könne.

Während Mutter im Sechsbettzimmer auf der Station erschöpft von den Anstrengungen des Morgens vor sich hin döst, sitze ich im Untergeschoss des Krankenhauses in einem dunklen Raum neben dem zuständigen Oberarzt. Er zeigt mir die Schichtaufnahmen, erklärt, die gesamte Bauchhöhle sei zugewachsen, was in absehbarer Zeit jegliche Nahrungsaufnahme verhindern würde, der Speisebrei könne kaum noch vom Magen in den Darm passieren. Aller Wahrscheinlichkeit nach handle es sich um Bauchspeicheldrüsenkrebs in fortgeschrittenem Stadium, die Metastasen hätten bereits eine beträchtliche Größe erreicht. Ich betrachte den Schirm, während er in einer schwungvollen Bewegung, die von einem schnalzenden Ton der zuschnappenden Haltevorrichtung begleitet wird, die Magnetresonanzschichtbilder auf einer milchig weiß hinterleuchteten Glasfläche platziert. Er erklärt mir in kollegialem Ton, was da an grauen Flecken im Bauchraum einer alten Frau zu sehen ist. Normalerweise sitzt er hier alleine in diesem konturlosen Zimmer, dessen Wände in der Tiefe der Dunkelheit verschwinden, und diktiert Befunde, die dann von den Kollegen an der Bettenfront den Opfern mitzuteilen sind. Verwüstung, Zersetzung, das sind die Worte, die sich mir aufdrängen, während er in seinen Erklärungen innehält, die Hand, mit der er an den unscharfen Konturen der Krebsgeschwülste entlangfährt, sinken lässt. Als sich unsere Blicke begegnen, murmelt er, da könne man wohl nichts mehr machen. Mit einem leisen »Danke« stehe ich von meinem Platz auf, nehme die Hand des Kollegen, die er mir mit einem verlegenen Lächeln entgegenstreckt, halte inne, als er seine Linke an meinem Oberarm legt und mit einem Räuspern sagt, es tue ihm leid.

Der Weg vom Untergeschoss hinauf zur Station erscheint mir lang, ich setze mich nach dem ersten Treppenabsatz auf einen der Warteplätze im Zwischengeschoss, den Blick durch eine Glasfront auf den Hügel gegenüber gerichtet, an dem sich mehrere Zeilen mit Einfamilienhäusern hinaufziehen bis knapp unter den Waldrand. Dort in einer der obersten Straßen habe ich früher oft bei meiner Schulfreundin übernachtet, bin mit einem kleinen Rucksack, gefüllt mit Nachthemd, Schulheften und Gemüse, das mir Mutter aus unserem Schrebergarten mitgegeben hatte, vor der Eingangstüre gestanden und habe gewartet, bis meine Freundin mir öffnete. Bei ihr zu Hause konnte ich ein Wochenende lang in ein anderes Leben eintauchen. Ihre Mutter kam ursprünglich aus London, und es gab Curry mit Chutney zu Mittag und um fünf Uhr schwarzen Tee mit Milch. Ich fühlte mich aufgehoben in der Familie meiner Freundin, doch gleichzeitig dachte ich an meine Mutter, wusste, dass Vater bei Vollmond abends betrunken nach Hause kommen würde.

Während ich aus dem Fenster sehe, befinde ich mich

in einem zeitleeren Raum, den ich nach Belieben dehnen kann, fühle meinen Körper nicht. Auch wenn ich weiter in der Kindheit verweile, einer Zeit, als Mutters Tod noch fern lag, wird mein Zögern ihr Leben nicht verlängern. Als ich bei ihr im Zimmer ankomme, sieht sie mich fragend an, und ich bitte sie, mir auf den Gang hinaus zu folgen. Sie nimmt meine Hand, wir gehen zu einer Sitzecke, nehmen Platz. »Es ist Krebs«, ich blicke Mutter in die Augen, versuche zu schildern, was ich auf den Bildern gesehen habe, berichte vom Chaos in ihrem Bauch, den Ablegern, die sich überall eingenistet haben und schuld an ihren Beschwerden sind. Mutter senkt ihren Blick. »Ich hatte bereits so etwas erwartet. Was meinst Du, gibt es noch Chancen?« Ich verneine. Alle Behandlungen würden nur das Leiden verlängern, doch wir sollten die Befundbesprechung abwarten.

Am Nachmittag sitzen wir im Büro des Chefarztes, er meint, er könne nicht vorhersagen, wie lange Mutter noch zu leben habe, die Zeitspanne reiche von ein paar Wochen bis zu einigen Monaten. Nach einem Moment des Schweigens sagt Mutter, sie würde das Schicksal annehmen, das ihr bevorstehe. Sie erhebt sich als Erste von ihrem Stuhl, und als sie das Büro bereits verlassen hat, hält der Chefarzt mich diskret an der Schulter fest, sagt freundlich, wir sollten uns melden, wenn wir Hilfe und Rat benötigten. Ich nicke ihm dankend zu, doch im Stillen denke ich, dass wir immer allein zurechtgekommen sind, ich habe in meiner Familie nichts anderes gelernt. Draußen auf dem Flur, nachdem ich die Türe hinter uns geschlossen habe, sagt Mutter unvermittelt mit fester Stimme »Komm wir gehen heim sterben«. Wir verabschieden uns bei den Schwestern und Ärzten, die geschäftig ihrer Arbeit nachgehen, einige grüßen knapp, alles ist gesagt, jedes weitere Wort zu viel. Man fühlt als Betroffener Scham, wenn man den Ablauf der Routine des Heilens mit den Belangen des Todes stört. Wir fahren nach Hause, Mutters »zu Hause«. Das Fenster im Schlafzimmer steht offen, ich habe am Morgen vergessen, es zu schließen. In der Wohnung ist es eiskalt und still.

4

Nach der Rückkehr aus dem Krankenhaus sagte Mutter, sie wolle einschlafen und nicht mehr aufwachen, ich solle ihr doch eine Spritze verabreichen. Sie bat mich darum, meine ärztlichen Kenntnisse dafür zu verwenden, ihr einen leichten Tod zu ermöglichen. Ich war überrascht und entsetzt, doch ich erinnerte mich an einen früheren Satz von ihr, den ich damals ihrem trockenen Humor zugeschrieben hatte. »Wenn es so weit ist, hilfst Du mir, damit ich von hier verschwinden kann und nichts mehr mitbekomme.« Als ich ihr sagte, ich würde ihr den »Erlösungstod«, wie sie es nannte, verweigern, reagierte sie unwirsch. An den darauffolgenden Abenden, nachdem sich Mutter für ihre Bitte entschuldigt hatte und die Spannung zwischen uns sich langsam legte, haben wir lange Gespräche geführt und versucht uns vorzustellen, wie sich die nächsten Wochen oder Monate entwickeln würden. Ich beschrieb ihr, was aus medizinischer Sicht zu erwarten sei, wenn sie keine Nahrung mehr zu sich nehmen könne und aufhören würde zu trinken. Schließlich sagte Mutter, sie wolle die Zeit des Abschieds miterleben, wie auch immer sie sich gestalten würde.

Seit heute ist ihre Stimmung leichter, und sie verfolgt meine Vorbereitungen zu ihrem einundneunzigsten Geburtstag mit Neugier. 24. Oktober, das Telefon klingelt, Gratulationen, Blumensendungen. Mutter erzählt ihren Freunden, dass dies ihr letzter Geburtstag ist, und die Pausen lassen ahnen, wie ihre Gesprächspartner um Fassung ringen, nicht glauben können, was sie hören. Sie versprechen, in den nächsten Tagen vorbeizukommen, und Mutter sagt, sie sollen kommen, ja doch. Zunächst dachte ich, ich könnte für zwei Tage nach Basel fahren, um meine Stellenverhandlungen weiterzuführen und um ein paar warme Kleidungsstücke zu holen. Doch ich werde hierbleiben, Mutter braucht jemanden, der ihr Gesellschaft leistet, eine Kleinigkeit kocht und ihr beim Aufstehen hilft, wenn der Schwindel sie plagt. Selbst wenn die Frauen der Hauskrankenpflege zwei Mal am Tag vorbeikämen, mein Bruder abends nach der Arbeit den Einkauf erledigen würde, ließe es mir keine Ruhe, Mutter über Stunden hinweg alleine zu wissen. Ihr Dahindösen, ihren Schlaf werde ich unaufdringlich mit den Geräuschen der notwendigen Verrichtungen in Küche und Wohnzimmer begleiten, werde mich mit ihr an früher erinnern, wenn wir gemeinsam alte Fotos betrachten, werde ihr etwas vorlesen, mit ihr Karten spielen, werde versuchen, ihr so gut ich kann die Angst vor dem Tod zu nehmen. Ein feiner akustischer Teppich aus Geschirrgeklapper, Rascheln von Zeitungsseiten, dem Rauschen des Wasserstrahls auf dem Boden des stählernen Abwaschbeckens, dem hellen Quietschen der Kühlschranktür, dem kurzen Knipsen des Lichtschalters soll den Tod noch eine Weile davon abhalten, ans Fenster zu klopfen. Es soll sein wie damals, als ich in meiner Kindheit mit Bauchschmerzen auf dem Sofa lag und Mutter den weiten Raum, der sich hinter meinen Augenlidern auftat, mit der Musik ihres vorsichtigen Tuns in der Küche füllte.

Die ganze Familie ist zu Mutters Geburtstag gekommen, und ich habe Champagner und belegte Brötchen beim Wirt in der Altstadt bestellt. Sie scheint sich zu freuen, liegt auf dem Sofa, nimmt an den Gesprächen teil, sieht uns beim Essen zu. Sie will, dass wir essen, auch wenn sie nichts zu sich nehmen kann, sie nippt an ihrem Glas, nimmt einen winzigen Schluck. Es herrscht eine friedliche Stimmung, nicht traurig, eher aufgeräumt, vertrauter als bei früheren Familientreffen. Mutter ist mittendrin, mit warmen Wangen, die röter leuchten als sonst. Die Haut in ihrem Gesicht riecht nach der Creme aus der blauen Dose, die sie seit ihrer Jugend verwendet und deren Duft ich mit meiner Kindheit verbinde. Erinnerungen an die Umkleidekabine des Stadtbades werden wach, Mutter hat einen Fuß auf den kniehohen Holzlattenrost gestellt und verteilt die weiße Masse auf den Unterschenkeln. Sommerferien, wir haben gemeinsam unsere morgendlichen Bahnen im Freibad gezogen. »Mama, weißt Du noch, wie wir um die Wette geschwommen sind?« Ich halte ihre kalten Hände, sitze neben ihr auf dem Sofa und lege meinen Kopf an ihre Schulter, beobachte meinen Bruder, wie er versucht, ein

Foto von uns zu machen, wie unabsichtlich, und ich denke, dass ich das Bild später nicht mehr ansehen werde, weil es unerträglich sein wird. Mein Bruder ist bemüht, fröhlich zu wirken, seine beiden Söhne sind zu Beginn etwas schüchtern, doch mit der Zeit reden alle durcheinander, erzählen heitere Begebenheiten. Es ist, als hätten alle ein stilles Übereinkommen getroffen. Die Urenkelin spielt mittendrin auf dem Teppich, in der nahen Kirche läuten die Glocken den Abend ein, ich stehe auf und schließe das Fenster, weil man das eigene Wort nicht versteht.

Als ich im August bei Mutter zu Besuch war, habe ich zum ersten Mal mitbekommen, wie sie zu Mittag beim Geläut halblaut das »Vaterunser« betete. Es überraschte mich, weil in unserer Familie nie laut gebetet worden war. Mit sieben Jahren ging ich in die Vorbereitung für die Erstkommunion, und damals gab es niemanden in der Familie, der mich begleitete oder der mit mir die Sprüche und Gebete eingeübt hätte. Ich schämte mich ein wenig, weil ich von den Sonntagsmessen, dem Duft von Weihrauch und dem hellen Klingeln der Ministrantenglocken fasziniert war. Es war etwas Besonderes, oben im Chor neben der Orgel zu stehen und mit den anderen Schülern unserer Klasse »Großer Gott wir loben Dich« zu singen. Wir waren nicht religiös zu Hause, Vater glaubte an nichts mehr, wie er beteuerte, »wenn Gott wirklich Gott gewesen wäre, dann hätte er so manches nicht zugelassen«. Worauf er damit anspielte, konnte ich damals nicht sagen, doch später vermutete ich, er meinte seine Erlebnisse im Zweiten Weltkrieg. Mutter war vor einiger Zeit wieder in die evangelische Kirche eingetreten, ein lang gehegtes Bedürfnis, wie sie sagte, das mich, als sie mir davon erzählte, zutiefst erstaunte. Sie war protestantisch erzogen worden, es existierte in unserem Familienalbum ein Bild von ihr zur Konfirmation, auf dem sie, gekleidet in ein dunkles Kostüm mit weißem Spitzenkragen vor einer Atelierkulisse, die eine weite Landschaft zeigt, eine Hand auf eine Stuhllehne legt und ein wenig kokett in die Kamera blickt. Soweit ich mich erinnern kann, gab es von meiner Firmung kein einziges Bild. Der Termin war für meine Eltern eher eine gesellschaftliche Pflichterfüllung, und als ich meinen Bruder vor Tagen danach fragte, erinnerte er sich nicht daran, mein Pate gewesen zu sein. Gelegentlich kam es vor, dass wir auf einer Familienwanderung eine malerische Dorfkirche betraten, an deren Eingang Vater, kaum für uns andere wahrnehmbar, seine Finger ins Weihwasser tauchte, begleitet von einem verschämten Räuspern. Mutter kramte dann wie nebenbei Münzen hervor, die sie in den Opferstock warf, um vor einem Seitenaltar zwei kleine Kerzen anzuzünden, eine für ihren ältesten Sohn, der mit achtzehn verstorben war, eine für ihre Mutter. Ihr Gebet letzten Sommer erschien mir, als würde eine Regel gebrochen, nach der Glaubensdinge zwischen uns ausgespart blieben.

Ich schenke Champagner nach, lasse das Tablett mit den Brötchen herumgehen und setze mich auf den freien Stuhl neben meinen Bruder. Inzwischen hat Mutter ihn gebeten, das Fotoalbum aus dem Schrank zu holen, weil sie von unseren Wanderungen im Hochschwabgebirge in den Sechzigerjahren zu erzählen begonnen hat, einer Zeit, als wir noch vollzählig waren und an die ich einige Erinnerungen habe, die ich mit Geborgenheit verbinde. Mutter zeigt auf ein Bild, ich sitze als Dreijährige im Rucksack auf Vaters Rücken, sie selbst trägt ein Dirndl, unser älterer Bruder steht in kurzen Lederhosen mit Trägern und kariertem Hemd etwas abseits und blickt fragend in die Kamera. Mein Bruder und ich erzählen Geschichten aus der Zeit und lachen, weil sie sich so unterscheiden. Meine Brüder sind gemeinsam aufgewachsen, ich kam als unerwartete Nachzüglerin später dazu und wuchs, nach dem Tod des Ältesten und der frühen Heirat meines zweiten Bruders, alleine auf. Außer meiner Katze, den Wellensittichen und später dem Hund hatte ich niemanden, mit dem ich mich gegen die Schwermut meiner Eltern verbünden konnte.

5

Mutter liegt auf dem Sofa neben der Terrassentür, erschöpft von der Morgentoilette und vom kargen Frühstück, ein paar Schlucken Malzkaffee, zwei Löffel Haferbrei, und wartet auf Stuhlgang, damit sie ihren geblähten Bauch entlasten kann. Ich biete ihr eine leichte Massage an, die sie ablehnt, der Pfefferminztee, den sie schluckweise trinkt, würde ihr besser helfen. Seit ich mich erinnern kann, hat Mutter im Garten verschiedene Sorten Minze gepflanzt und die getrockneten Blätter, die ich ihr aufgebrüht habe, stammen aus ihrem kleinen Kräuterbeet, auf das sie so stolz ist.

Der Amtsarzt kommt, um zu beurteilen, ob Mutter Pflegegeld erhalten soll. Er ist anfangs zurückhaltend und wird im Verlauf gesprächiger, und es stellt sich heraus, dass wir gemeinsame Bekannte in Berlin haben, wohin ich alle zwei Jahre im November zum Kongress der deutschen Psychiater fahre. Ich wohne dann bei Freunden in Prenzlauer Berg, doch diesmal hätte ich, wie sich herausstellt, das Gästezimmer in ihrer Altbauwohnung gar nicht benutzen können, weil der Sohn des Amtsarztes seit einigen Wochen dort wohnt. Als er das erzählt, müssen wir lachen, auch Mutter, die froh ist, dass sich die Unterhaltung nicht mehr um ihre Gebrechen dreht, schmunzelt über den Zufall. Nachdem er wieder gegangen ist, meint sie, ich solle auf jeden Fall wie geplant auch dieses Jahr nach Berlin fahren. Allzulange würde sie es ohnehin nicht mehr schaffen. Ich setze mich neben sie und versuche sie abzulenken, schlage ihr vor, das höhenverstellbare Pflegebett, das wir bereits beim Einzug in die Wohnung erstanden haben, ins Wohnzimmer zu stellen. Sie könne dann den ganzen Tag bequem im Bett verbringen und die Aussicht ins Freie genießen. Mir ist unwohl bei dem Gedanken, dass jede Handlung, die über den Alltag hinausgeht, dem Tod den Weg bereiten wird. Mutter will nichts davon wissen, sie liegt lieber auf dem harten, niedrigen Sofa, von dem sie mittlerweile schwer aufsteht. Es braucht Zeit, sie soll selbst bestimmen, wann sie für den Umzug bereit ist. Das Gespräch mit dem Amtsarzt scheint Mutter vor Augen geführt zu haben, wie sehr sie inzwischen auf andere angewiesen ist. Sie kann nicht mehr ohne Unterstützung ins Badezimmer, kann sich nichts mehr zu essen zubereiten. Sie hat mir den Rücken zugedreht, liegt mit leicht angewinkelten Beinen auf der Seite, gibt zu verstehen, dass sie allein sein will, die Dinge mit sich selbst abmachen.

Draußen vor dem Fenster sehe ich auf die Bäume im Nachbarsgarten, das Laub hat sich gelb verfärbt, und muss an das Foto denken, das Mutter, mit einem strahlenden Lächeln im Gesicht, auf einer Bank im Garten der Großeltern zeigt. In den Armen wiegt sie ein kleines, in eine Decke gewickeltes Kind, am rechten unteren Rand ist das Datum notiert, eine Woche nach meiner Geburt, es ist Frühling, der alte Birnbaum trägt helle kleine Blätter. Ein paar Monate später habe ich laut Mutters Erzählungen das erste Mal »Mama« zu ihr gesagt und bald werde ich das letzte Mal »Mama« zu ihr sagen, zu einem Gesicht, das mich damals anlächelte und das ich jetzt noch immer zum Lächeln bringe, wenn ich ihr sage, wie gern ich sie habe oder dass sie gut aussieht, wenn wir mit der Morgentoilette fertig sind und sie für einige Augenblicke entspannt im Sofa lehnt und den Amseln, Meisen und Finken zusieht, wie sie am schwankenden Vogelhäuschen herumturnen.

6

28. Oktober. Todestag von Vater. Ich habe das Schmerzpflaster auf Mutters Rücken, das ich jeden dritten Tag wechsle, mit dem heutigen Datum beschriftet. Wir sprechen über Vater, ich zünde eine Kerze an, stelle sie auf das Fensterbrett, sie wird vierundzwanzig Stunden brennen. Ich tue es, um die Familie, die sich auflöst, zusammenzuhalten und um etwas gegen meine Traurigkeit zu tun. An Mutters Blick kann ich erahnen, wie sie sich vorstellt, dass ich in ein paar Wochen auch für sie eine Kerze entzünden werde. Mutter hat wieder öfter von Vater gesprochen, von seinem Tod im Pflegeheim, wo er die beiden letzten Jahre seines Lebens zugebracht hatte. Ein paar Wochen vor seinem Tod versöhnten sich meine Eltern, nachdem sie sich viele Jahre nur aus der Ferne gesehen hatten, weil Vater ihr nie verzeihen konnte, dass sie ausgezogen war. Ihr Satz »Er soll nicht böse auf mich sein, dass ich in der letzten Nacht nicht an seinem Bett gesessen bin, bis er gehen konnte« hat mich erstaunt, denn ich glaubte damals, sie entschied sich bewusst dafür, nach Hause zu gehen und ihn seinem Schicksal zu überlassen.

Mutter wird nicht mehr fünfundneunzig Jahre alt

werden, so wie sie es bei ihrer Geburtstagsfeier letztes Jahr angekündigt hat. Damals meinte sie, hundert zu werden sei ihr dann doch zu mühsam, aber vier Jahre wolle sie, so es ihr vergönnt sei, noch auf dieser Welt verbringen. Es fiele ihr deutlich schwerer, sich über Neues zu freuen, und für die Zeiten, die jetzt auf ihre alte Welt zukommen würden, hätte sie wohl nicht mehr genügend Kraft. Sie habe viel gesehen, den Krieg überlebt, ihre Kinder großgezogen, einen Sohn und ihren Mann begraben. Mutter war im Lauf des Jahres bereits zwei Mal im Krankenhaus gewesen, das hat sie seelische Kraft gekostet. Zuerst wegen einer schweren Zuckererkrankung, die plötzlich entdeckt worden war, dann wegen eines Nabelbruchs, der operiert werden musste. Nachdem sie aus der Narkose erwacht war, hatte sie ungeheure Schmerzen, die von einem Wirbelbruch herrührten, den sie während der Lagerung auf dem Operationstisch erlitten hatte. Nach ihrer Rückkehr in die Wohnung hat ihr der Hausarzt das Schmerzpflaster verordnet. Bereits zwei Wochen später schöpfte sie wieder Zuversicht und konnte bald kleine Strecken selbstständig mit Hilfe des Rollators zurücklegen, was sie mir nach meiner Abreise bei unseren täglichen Telefonaten mit großem Stolz erzählte. Mich beruhigte die Kraft, die sie entwickelte, um wieder zu genesen, so konnte ich mich wieder meinem eigenen Leben zuwenden. Jetzt, nur ein paar Monate später, liegt vor ihr nicht mehr die Heilung, sondern das Ende des Leidens, von dem sie und ich noch nicht wissen, wie es verlaufen wird.

Mutter beginnt zu verstehen, dass manches unweigerlich das letzte Mal geschieht, und ich erkenne in ihren Augen ein Erstaunen, als würde sie die Welt auf eine Art inniger betrachten. Früher konnte sie Momente der Freude nur selten genießen. Es gab zwar Augenblicke des bewussten Innehaltens, an Tagen im Garten, im Schatten der Bäume, wenn sie im alten Liegestuhl saß, dessen ausgebleichte bunte Stoffbahnen schon bessere Tage gesehen hatten. Sie blickte dann hinauf in die sonnendurchfluteten Blätter des alten Apfelbaums, der im Herbst seine kleinen runzeligen Früchte tragen würde, und ließ das Buch, in dem sie gerade las, auf ihre Oberschenkel sinken. Doch meist war Mutter beschäftigt, konnte nicht ruhen, und wenn ich sie fragte, warum sie nicht zufrieden sein konnte, bevor eine Arbeit erledigt war, warum sie nicht der Müdigkeit nachgab und eine Pause einlegte, wusste sie nicht, wovon ich sprach. Jetzt in den letzten Tagen wendet sie sich den kleinen Dingen zu, die Zeit der Unrast ist vorbei, sie streift sanft und versonnen über die Haut ihrer schlanken Hände, wenn sie sich unbeobachtet fühlt, lobt den Geruch des Malzkaffees, den ich ihr am Morgen zubereite. Sie riecht daran, lässt den ersten Schluck der braunen Flüssigkeit lange im Mund, schmeckt der milchigen Bitterkeit nach, sieht zufrieden auf die Terrasse draußen und legt nach einer Weile den Kopf auf das Kissen. Vorsichtig löse ich die Tasse aus ihren Händen, bedacht, sie nicht zu erschrecken, sie ist eingeschlafen, ihr Gesichtsausdruck ist friedvoll.

7

Mutters Bauch wächst und wird langsam den Rest des Körpers dominieren, zuletzt auch ihren bisher ungetrübten Verstand. Sie nimmt wenig Nahrung zu sich, die sie oft nach wenigen Minuten als gelblich schaumige Brühe unter Anstrengung wieder heraufwürgt. Sie lehnt ab, als ich ihr vorschlage, eine Infusion zu verabreichen, weil sie weiß, wie brüchig ihre Venen inzwischen sind. Bereits die geringste Berührung mit der scharfen Nadel lässt die Wände der Blutgefäße zerreißen. In mir kommt das Gefühl auf, ich wäre schuld daran, wenn Mutter nicht genügend Flüssigkeit zu sich nimmt, was ihren Tod beschleunigen würde. Als Tochter bereitet mir die Situation Abscheu und Mühe, ich finde mich schwer zurecht in der Rolle der Ärztin, die im Kopf die Trinkmenge auflistet, sich die schlechten Werte der Nierenfunktion vorstellt, die Auswirkungen auf den Gesamtorganismus abwägt. Es gilt, alles medizinisch Sinnvolle zu unternehmen, um Mutters Leiden zu lindern, doch sehe ich ebenso ihr Bedürfnis nach Ruhe. Alles in mir sträubt sich dagegen, ihr Schmerzen zuzufügen. Sie zieht sich mehr und mehr aus der Welt zurück, schläft oft, und ich bin gezwungen, Entscheidungen zu treffen, ohne diese vorher mit ihr zu besprechen, wie die, ihr eine Spritze gegen den Brechreiz oder eine Tablette gegen die Angst zu geben, die sich nun häufiger einzuschleichen beginnt. Die nötigen Medikamente verschreibt der Hausarzt, der aber immer seltener vorbeikommt. Meine Befürchtung, Mutter könnte einen Darmverschluss oder eine Lungenembolie entwickeln, wächst. Solche Komplikationen würden mich dazu zwingen, sie ins Krankenhaus zu bringen, was sie unter keinen Umständen will. Dort könnte ich sie kaum vor der Geschäftigkeit des Betriebes und seinen hektischen Routinehandlungen bewahren. Mutter möchte zu Hause sterben, sie hat mich mehrfach darum gebeten. Wenn ich sie beim Waschen am Morgen unterstütze, hebe ich eine kleine Hautfalte an ihrem Unterarm von der Muskelfaszie und beobachte, wie lange sie benötigt, bis die Oberfläche sich wieder glättet, um den Bedarf an Flüssigkeit zu prüfen. Ich telefoniere mit zwei meiner engsten Freunde, beide Ärzte, sie betreuen täglich sterbende Patienten, haben große Erfahrung, die sie bereitwillig mit mir teilen. Meist gehe ich kurz auf die Terrasse oder in den Hausflur, um nicht in Anwesenheit von Mutter Details ihres sich verändernden Zustandes zu schildern. Sie sind die einzigen Personen, denen ich meine Sorgen und Befürchtungen ungeschönt mitteilen kann, meine Angst vor Komplikationen und meine Befürchtung, in dieser Situation nicht zu genügen. Sie hören an meiner Stimme, wie sehr mich die Situation an manchen Tagen belastet, wenn ich meine Dünnhäutigkeit nur mit Mühe überdecken kann.

In den Stunden, in denen Mutter tief schläft, kümmere ich mich um den Haushalt. Das Nötigste gehe ich rasch einkaufen, wie Gemüse, Milch und Käse für mich, Haferflocken und Tiefkühlspinat für Mutter, die einzigen Nahrungsmittel, auf die sie noch Lust hat. Mit schlechtem Gewissen verlasse ich die Wohnung, immer von der Sorge getrieben, Mutter könnte aufwachen und nach mir rufen. Nach der zurückgezogenen Routine in der kleinen Wohnung erdrückt mich die Stimmung im hell erleuchteten Einkaufszentrum mit Musikberieselung im Hintergrund und der Unmenge an Waren in den hohen Regalen. Die alten Frauen, die vor mir mit ihren großen, beinahe leeren Einkaufswagen an der Kasse stehen, erinnern mich an Mutter, die oft hier war, seit in der Altstadt alle kleinen Läden geschlossen wurden. Manchmal gehe ich rasch zur Apotheke, wo man mich zuvorkommend bedient, weil alle wissen, dass Mutter, die hier ihre Blutdruckmedikamente oder die Venensalbe holte, nicht mehr selbst in den Laden kommen wird. Die Apothekerin lässt Grüße ausrichten. Für die notwendigen Rezepte gehe ich zum Hausarzt, setze mich ins überfüllte Wartezimmer, höre den Menschen zu, wie sie mit der Sprechstundenhilfe über ihre Beschwerden sprechen, über ihren letzten Krankenhausaufenthalt oder über die vermutliche Todesursache von verstorbenen Bekannten.

Wenn ich dann aus dem Fenster des Wartezimmers blicke, schließe ich die Augen, und das Gebrabbel der wartenden Patienten rückt von mir ab. Der Wunsch nach einem frühen Schnee im Oktober, der alles in eine weiße weiche Decke kleiden soll, der alle Geräusche dämpfen und die Stille des Winters über die Welt stülpen möge, erfüllt mich. Schnee hat etwas Tröstliches, er verlangsamt, wenn er vom Himmel fällt, er hüllt die Landschaft in ein transparentes Leuchten, wenn er sein Tuch über alles breitet, die Kanten und Ecken schleift, seidenweich die Konturen verwischt. Erinnerungen an Spaziergänge mit Mutter stellen sich ein. Der erste Schnee fiel und wir streiften uns freudig Mäntel und Mützen über, holten die Stiefel aus dem Schrank und drängten hinaus ins weiße Gestöber, voller Erwartung, an etwas Numinosem teilzuhaben.

8

Mutter beginnt, von früher zu erzählen, und ich nutze die Gelegenheit, nach ihren Eltern und anderen Verwandten zu fragen. Ihre Stimmung ist abends meist besser. Wenn sie nicht von Brechanfällen geplagt wird, sitzt sie zurückgelehnt in ihren Kissen, wirkt gelöst. Wir sprechen nicht über das unvermeidliche Ende, obwohl wir beide daran denken. Nur diese eine gemeinsame Stunde noch. Es ist, als ob nichts uns trennen könnte. Mutter und ich waren bei meinen Besuchen oft lange beim Frühstück gesessen, um Erinnerungen an die Zeit auszutauschen, als Vater noch lebte, als ich ein kleines Mädchen war, »das Mensch«, wie ich von meinen Eltern genannt worden war. Es war über die Jahre zu einem wohligen Ritual geworden, unsere Vergangenheit heraufzubeschwören, und wir scheuten uns davor, das Gespräch zu unterbrechen, das uns in diesen Momenten so nah sein ließ.

Mutter erzählt mir von ihrem Vater, »Opa Piet«, wie er für mich und meinen Bruder hieß. Da sind die Geschichten von seinen Hasen im Garten, die sie als Kind gefüttert hatte, und von den Gänsen, mit denen er im nahen Main schwimmen gegangen war, von seinem Rückendurchschuss, den er in Verdun im Ersten Weltkrieg erlitten hatte, und davon, wie sich ihre Eltern in einem Lazarett kennengelernt hatten. Ihre Mutter war als Hilfsschwester der Krankenbaracke zugeteilt gewesen, in der er sich gerade darum bemühte, gestützt auf zwei Krücken, das Gehen wieder zu erlernen. Mutter versucht sich an die Einrichtung der Wohnküche ihrer Kindheit zu erinnern, wo in der Ecke ein Tisch für Lederwerkstücke bereitstand. Jede Woche musste sie als junges Mädchen die fertigen Gürtel und Taschen, die in Heimarbeit für die Lederfabrik in Offenbach angefertigt worden waren, zu einer Abgabestelle im Ort bringen, wobei sie einmal, durch ihre Schulkameraden abgelenkt, die Ware einfach an einer Hofeinfahrt stehen ließ, um kurz mit den anderen herumzutollen. Als sie zurückkam, war der Korb weg, das Geld für eine ganze Woche Arbeit verloren, wofür sie dann von ihrem Vater, der sonst nie handgreiflich geworden war, eine Tracht Prügel bekommen sollte.

Nach ein paar Schlucken Tee kommt Mutter auf die Zeit ihres Ankommens hier in der obersteirischen Kleinstadt zu sprechen. Sie hatte Vater, dem sie Briefe ins englische Kriegsgefangenenlager schrieb, nicht überzeugen können, im ausgebombten Frankfurt ein gemeinsames Leben aufzubauen. So kam sie, nach einer mehrwöchigen strapaziösen Reise, die sie wegen des unregelmäßigen Fahrplans zwischen den Besatzungszonen immer wieder unterbrechen musste, mit ihren Habseligkeiten in der Kleinstadt an, wo er sie, nachdem er sechs Wochen zuvor aus einem Repatriierungszentrum in Kärnten entlassen worden war, erwartete. Ihre Aussteuer war zum Teil gestohlen worden, teils hatte sie unterwegs Leintücher und Besteck auf dem Schwarzmarkt gegen Essbares eingetauscht. Bis sich meine Eltern eine eigene Wohnung leisten konnten, dauerte es zwei Jahre. Mutter sagt, sie hatte nicht mit den einfachen Bedingungen gerechnet, die sie hier vorfand. Sie hausten beengt mit der Schwester meines Vaters und deren Mann in einem Zimmer bei den Schwiegereltern, das durch Schränke in zwei Hälften geteilt worden war. Alle wuschen sich am Becken in der Küche oder in der Waschküche im Hinterhof, die Toiletten waren im Stiegenhaus im Halbstock untergebracht. Mutters erste Schwangerschaft fiel in diese Zeit, das Kind starb bei der Geburt. Viele Tausende waren als Flüchtlinge in der Stadt in Barackensiedlungen untergebracht, Zuwanderer aus dem Sudetenland oder aus anderen Teilen Europas, von wo sie als »Volksdeutsche« vertrieben worden waren. »Zugeraste«, nannte man sie hier, sie gehörten nicht richtig dazu, unterschieden sich durch die Sprache oder ihren protestantischen Glauben, wie Mutter auch.

Schon mindestens dreißig Jahre habe ich diese Schilderungen nicht mehr gehört. In meinen Ohren haben sie sich verändert, es ist, als ob Mutter tiefer eintauchen würde in ihre Vergangenheit, als stünden ihr Details, die sie vorher nie erwähnt hatte, deutlicher vor Augen. Ich frage nach, denn es könnte die letzte Gelegenheit dazu sein. Wer genau war der »Opa« väterlicherseits, der mir auf seinem alten Waffenrad das Fahrradfahren beigebracht hat und der im Bürgerkrieg aufseiten der Arbeiter beim Aufstand gegen Dollfuß dabei gewesen war? Ich stelle Mutter auch Fragen über meine demente Großmutter väterlicherseits, die zum Abschluss ihres Lebens mit ihrer Unruhe und ihren ständigen Fragen allen auf die Nerven ging und die schließlich im Altenheim starb. Es wäre ein Frevel, Mutters Erzählung zu unterbrechen. Es ist an mir, meinem Bruder bei Gelegenheit alles zu berichten.

9

Mutter sagt, sie habe geträumt, wie sie als junges Mädchen in einem Wollkleid und dicken Strumpfhosen an einem Teich nach dem Schlittschuhlaufen darauf wartet, von ihren Eltern abgeholt zu werden. Es sei bitter kalt gewesen und niemand sei gekommen. Sie habe mich nicht wecken wollen, denn ich könne ihr die Traurigkeit des bevorstehenden Abschieds nicht abnehmen. Bald sei sie es, die mich und meinen Bruder am Ufer des zugefrorenen Teichs warten lässt. Während ich mich neben sie setze, lege ich meine Hand auf ihren Arm, der auf der Bettdecke liegt, und verharre eine Weile still, bevor ich ihr auf ihren Wunsch Schwarztee zum Frühstück bereite.

Später versuche ich mit ihr zu besprechen, was sie in den nächsten Tagen zusätzlich an Unterstützung benötigen würde, denn weiterhin ohne Hilfe ihre Pflege zu übernehmen sei für mich schwierig. Mutter möchte dem Thema ausweichen, sie sagt, es sei für sie unerträglich, bald vollständig von anderen abhängig zu sein. Vor ein paar Tagen habe ich im Depot der ortsansässigen Werkskrankenkasse einen Leibstuhl geholt, weil ich für den Zeitpunkt vorsorgen wollte, wenn sie nicht mehr aus eigener Kraft die Toilette erreicht. Der Gang zur Krankenkasse brachte mich in eine mir von früher bekannte Welt, in ein stattliches Gebäude, das zusammen mit der Musikschule und dem Werkshotel Ende des neunzehnten Jahrhunderts erbaut worden war. Seit mehr als vierzig Jahren hatte ich es nicht betreten. Der muffige Geruch im Treppenhaus hinter der schweren alten Eingangstüre erinnerte mich an einen Termin hier als kleines Mädchen an der Hand meiner Mutter. Vater sollte wegen seiner Tuberkulose einige Monate in einer Lungenheilanstalt verbringen, wobei der Antrag vom Chefarzt genehmigt werden musste. Seit damals hat sich in den Räumen fast nichts verändert.

Wenn ich mit Mutter über den Leibstuhl zu sprechen versuche, fühle ich mich wie der Überbringer schlechter Nachrichten, den man bestraft. Ihr Tonfall wird ablehnend, entwertend, wenn sie sagt, das Ungetüm würde sie nie und nimmer benützen. Es ist ein unförmiges Möbel auf kleinen Rädern, unter dessen Sitzfläche, die aus einem mit blauem Plastik überzogenen Brett besteht, ein Nachttopf eingelassen ist, den man zum Entleeren herausziehen kann. Der Weg ins Badezimmer wird täglich mühsamer, selbst mit Unterstützung des Rollators. Das selbstständige Duschen entwickelt sich zu einer Qual, denn inzwischen ist Mutter bereits zu schwach, um ohne meine Hilfe stehen zu können. Sie will es noch einmal ohne diesen Stuhl versuchen. »So weit ist es noch nicht und so viel Zeit muss sein.« Ihr unverrückbarer Widerstand, den ich nur von seltenen Gelegenheiten kenne, bedeutet mir, sie gefälligst in Ruhe zu lassen. Früher konnte sie in misslichen Lagen scherzen, sie hatte eine Art Galgenhumor, der schwierige Situationen entschärfte, doch heute gelingt ihr das nicht. Dieser Humor kam letzte Woche zum Vorschein, als ich ihr zeigte, mit welchen Hebelgriffen ich sie beim Wechsel vom Bett auf einen Stuhl besser unterstützen konnte, wenn sie im richtigen Moment mithalf. Nach dem ersten Versuch schlug Mutter vor, die Halbdrehung zu erproben, solange sie noch einigermaßen bei Kräften sei, was wir dann auch taten, bis wir im Eifer der Wiederholungen fast miteinander tanzten. Ich begleitete die Bewegungen mit einem übertrieben ausgestreckten Arm, sie quittierte mit einem schelmischen Blick und neckisch zur Seite gedrehtem Gesicht, bis wir vor Lachen die Übung abbrechen mussten.

Mutter bittet mich inständig, vorübergehend noch auf die Hauskrankenpflege zu verzichten. Sie sagt, sie würde die wechselnden Gesichter, Stimmen und körperlichen Ausdünstungen der Frauen nicht ertragen, auch nicht die ruppige Art, mit der sie von manchen behandelt würde, als sei sie ein unartiges Kind. Im Spätsommer erzählte sie, wie grob ihr die Schwestern die Stützstrümpfe angelegt oder lautstark nach ihrem Stuhlgang gefragt hatten, als sei sie schwerhörig. Dafür ist sie nun einverstanden mit dem Umzug des Bettes ins Wohnzimmer und wir planen, ihn mit Hilfe meines Bruders am Abend auszuführen. Es erscheint mir wie ein Tauschhandel, auf den ich mich vorübergehend einlassen kann, und ich sehe Mutter an, wie froh sie ist, selbst den Zeitpunkt für Veränderungen bestimmen zu können.

10

Mutters Lippen, die Zunge, die Augen sind trockener geworden. Mit feuchten Tüchern, die ich in ihrer Nähe aufhänge, versuche ich Linderung zu verschaffen, mein Bruder hat versprochen, bei seinem nächsten Besuch einen Luftbefeuchter mitzubringen. Ihr Blick hat sich verändert, wirkt ferner. Noch am Vormittag, als ich sie fragte, ob sie ein Schmerzmittel brauche, sagte sie, sie wolle nicht durch die Wirkung der Medikamente betäubt werden, wolle mitbekommen, was in ihrem Umkreis geschieht. Der Tag war anstrengend für sie, weil sie oft erbrechen musste, nach einer Weile schläft sie erschöpft ein. Ich setze mich an den Küchentisch, versuche an einem Artikel für eine Zeitung zu arbeiten, dessen Abgabetermin näherrückt. Mein Blick fällt auf den Wochenkalender, dessen Blatt ich gewechselt habe, nachdem ich einige Tage lang vergessen hatte, es zu tun. Er zeigt ein leuchtend rotes Bild von Rainer Fetting mit dem Titel »Bügler VII«, das mich in seine innere Spannung verstrickt. Der menschliche Akt, der zu erkennen ist, wirkt durch die Auflösung der Farbkonturen an seiner Vorderseite verbrüht. Sein Anblick bereitet mir körperliches Unbehagen und ich vermeide es, die Figur zu fixieren, will nicht in diese Glut hineingezogen werden.

Meine Schulfreundin aus der Volksschule hat mich angerufen und mich zu einem Spaziergang eingeladen. Wir hatten seit dem ersten Schultag die Bank vorne am Katheder miteinander geteilt. Während des Gymnasiums hatten wir uns dann aus den Augen verloren, erst dreißig Jahre später sollten wir uns hier in dieser Kleinstadt wieder über den Weg laufen, um unsere Freundschaft fortzusetzen. Sie meinte, ich solle für das Wochenende meinen Bruder bitten, nach Mutter zu sehen, ich müsse ein paar Stunden hier raus, weg vom Sterben, sonst hätte ich nicht den Atem, bis zum Schluss durchzuhalten. Sie weiß, wovon sie redet, sie hat ihre Mutter und ihren Vater bis zu deren Tod eng begleitet, teils mit Hilfe rumänischer Krankenschwestern, die rund um die Uhr die Pflege übernommen hatten. Sie kümmerte sich neben ihrer Arbeit täglich um die Eltern, die Aufsicht über die Pflegerinnen und das kleine Haus, in dem wir früher, auf ihrem Stockbett verschanzt, Comics gelesen hatten oder im Garten auf die alten Obstbäume geklettert waren, um mit verschmierten Mündern und zerrissenen Strumpfhosen wieder herunterzukommen. Sie hat recht, ich versinke hier, mein Horizont beginnt sich zu verengen, mein Rückzug zeigt exzessive Züge, doch mir fehlt die Kraft, Ablösung zu organisieren. Eingebunden in Mutters Bedürfnisse, die den Tagesablauf bestimmen, in einen Rhythmus, der nicht meinem entspricht, wache ich beim geringsten Geräusch auf, bin nach einem leisen Husten, Räuspern, nach einem leichten Stöhnen, hellwach, so als ob ich gar nicht geschlafen hätte. Diese dauernde Anspannung laugt mich aus, ich fühle mich wie von einem Nebel umhüllt. Heute kann ich nicht weg hier, ich bin zu müde. Meine Freundin ist zunächst enttäuscht über die Absage, doch wir verabreden uns für den nächsten Tag.

II

2. November, Allerseelen. Mutter sagt, als ich zum Spaziergang zum Friedhof aufbreche, ich solle Vater und meinem älteren Bruder einen Gruß ausrichten, sie mögen sie doch endlich zu sich holen, das Sterben dauere ihr bereits zu lange. Ich schlendere mit meiner Freundin in das abendliche Meer von tausenden Grablichtern, so wie früher mit Mutter, wenn wir uns, in lange Wintermäntel gehüllt, zwischen den Marmorgrabsteinen und schmiedeeisernen Kreuzen hatten treiben lassen, umgeben vom Strom der Passanten, die mit murmelnden Stimmen ihre Schritte auf gefrorenen Kies setzten, in einer seltsamen Mischung aus Andacht und Erwartung. Die Menschen hielten dann am Fußende der Grabstätten inne, versuchten die verblichenen Namen auf den Inschriften zu lesen, tuschelten miteinander und deponierten Gestecke aus Tannenreisig und Trockenblumen, um der winterlichen Eintönigkeit etwas entgegenzusetzen, bevor sich eine hauchdünne Schneeschicht darüberbreiten würde. Auch heute umfängt mich wie damals dieser wohlige Schauer, dem eine Geborgenheit innewohnt, und ich kann das Flanieren in diesem Totenpark genießen, erfreue mich am Anblick der flackernden

Kerzen und Fackeln, der im milden Lichtschein erleuchteten Gesichter, lausche den Erzählungen meiner Freundin, die viele der alten Grabstätten und die Geschichten der hier bestatteten Familien kennt. Sie ist, nach einer beruflichen Laufbahn auswärts, wieder in ihre Geburtsstadt zurückgekehrt. Wenn ich bei Mutter zu Besuch war und wir abends noch stundenlang miteinander Karten spielten, dann fragte sie mich gelegentlich wie nebenbei, ob ich mir vorstellen könnte, in Österreich zu arbeiten, um dann fast im selben Atemzug zu bekräftigen, wie froh sie sei, dass ich mir in der Schweiz ein solides Leben aufgebaut habe. Doch hörte ich zur gleichen Zeit ihren Wunsch, ich möge wieder in ihre Nähe kommen. Ich sagte ihr mit gespieltem Ernst, dass ich froh sein könne, es geschafft zu haben, mich von ihr zu entfernen und nicht im Geringsten daran dachte, etwas zu ändern, worauf wir beide lachen mussten. Nach einer kurzen Weile pflegte Mutter dann noch zu sagen »Bleib in der Schweiz, man weiß nie, was kommt«.

Als ich nach dem Spaziergang die Wohnung betrete, sitzt Mutter im Bett und mein Bruder auf einem Stuhl neben ihr, der Fernseher läuft in voller Lautstärke. Die Situation befremdet mich. Als ich noch klein war, gab es in den ersten Jahren meines Aufwachsens in unserem Haushalt noch keinen Fernseher, die Nachbarn im Mietshaus, in dem wir wohnten, hatten im Hinterhof musiziert und gesungen, Karten gespielt oder im Garten bis zum Einbruch der Dämmerung geplaudert. Später zogen sich alle in ihre Wohnungen zurück, jede Familie saß allein vor dem Gerät, aus den Fenstern flimmerte nervöses graublaues Licht. Ich sehe seit mehr als zwanzig Jahren nicht mehr fern, nur gelegentlich bei Freunden ein Fußballspiel oder die Nachrichten. Selten gibt es Abende, an denen ich einen Film auf DVD abspiele, und dann kommt eine absurde Sehnsucht nach den Zeiten in mir auf, als ich abends mit meinen Eltern einen Spielfilm ansehen durfte. Es war ein friedlicher Moment, wenn wir uns im Wohnzimmer auf das Sofa setzten, das gemeinsame Sehen verband uns. Doch am Ende blieb ich allein inmitten meiner Familie zurück, ohne die Helden, die mutigen und schönen Männer und Frauen, in deren Leben sich die wahren Dramen abspielten, war zurück in meinem Leben als Kind einer Arbeiterfamilie in einer Kleinstadt in Österreich. Es erscheint mir trostlos, wenn sich Mutter jetzt mit Fernsehen aus den ihr verbleibenden Lebensstunden stiehlt.

12

Am Morgen macht Mutter Gymnastik im Bett. Ihr Bewegungsradius hat sich eingeschränkt, sie kreist ihre Hände, bewegt ihren Kopf auf dem Kissen hin und her, versucht ihre Beine anzuziehen. Seit jeher war sie darum bemüht, ihre Gelenkigkeit zu erhalten und nicht alle Wehwehchen der Medizin zu überlassen. Inzwischen merke ich selbst, wie sich mein Körper verändert, wie gewohnte Bewegungen sich eckiger anfühlen, die Knie oder die Hüften nicht mehr auf Anhieb den geschmeidigen Ablauf garantieren. Noch im letzten Sommer hatte ich die ersten äußerlichen Anzeichen des Älterwerdens nicht so ernst genommen, bis ich eines Abends über die trockene Haut meiner Unterarme strich, die unregelmäßig verteilten kleinen braunen Flecken wahrnahm und an die Altersmale der ehemaligen Nachbarin aus dem Unterstock denken musste. Als Kind hatte mich beeindruckt, wenn ihre bräunlich gesprenkelte Hand, von der ich kaum meinen Blick losreißen konnte, beim Viererschnapsen, zu dem Mutter gelegentlich eingeladen war, die Karten hielt. Es ist der schleichende Verlust des prallen Lebens, auf den man sich nicht vorbereiten kann, weil alles, was darüber erzählt wird, nicht aus dem eigenen Erleben kommt. In der letzten Zeit fallen mir immer wieder Mutters Warnungen ein. »Nimm genug Sonnencreme mit, damit Du keinen Sonnenbrand bekommst, das schadet dem Teint.« »Setz doch die Sonnenbrille auf, Krähenfüße machen ein Gesicht früh alt.« »Iss nicht so viel Süßes, Du sollst die Zähne noch im Grab mit Stolz tragen.« Lästige Kleinigkeiten für eine junge Frau Mitte zwanzig, die über die Unendlichkeit der Jugend verfügt. Ich habe keinen einzigen ihrer Ratschläge befolgt.

Diskret mit Verrichtungen in der Küche beschäftigt, warte ich, als würde ich von Mutters Streck- und Dehnbewegungen keine Notiz nehmen, bis sie wieder still liegt und nach mir ruft. Sie will mit dem Leibstuhl, den sie inzwischen akzeptiert hat, ins Bad geschoben werden und legt Wert darauf, am Waschbecken sitzend ihre Morgentoilette so weit als möglich selbstständig zu erledigen. Dann helfe ich ihr beim Anziehen, das haben wir inzwischen geübt, und sie widersetzt sich nicht groß. Sie möchte heute den Trainingsanzug und nicht das Nachthemd tragen. Nach dem Waschen bereite ich ihr Haferbrei zu, sie sagt, er würde ihrem Magen guttun, doch sie wird wieder Mühe mit der Verdauung haben. Diese letzten Geschmacksfreuden will ich ihr nicht nehmen, sie scheint die kleinsten Bissen mit Befriedigung im Mund zu behalten und zu kauen, mit Speichel zu tränken, bis sie die winzigen Portionen die Speiseröhre hinunterrutschen lässt. Haferbrei hat Mutter immer gern gegessen, er war für sie mit Heilung verbunden, und sie hat ihn manchmal gekocht, wenn sie sich nicht gut fühlte oder traurig war. Ich habe sie nicht gefragt, ob ihre Mutter für sie früher Haferbrei zubereitet hatte.

Am Vormittag kommt der junge evangelische Pfarrer zu Besuch, er hat erfahren, dass Mutter im Sterben liegt. Im letzten Jahr war sie gelegentlich sonntags in der Kirche, die um die Ecke liegt, und hatte ihn dort kennengelernt. Mutter erzählt ihm, sie würde jeden Tag zum Klang der Glocken beten, und er macht ihr den Vorschlag, doch im Anschluss an seinen Besuch gemeinsam zum Geläut das Vaterunser zu sprechen, er in der Kirche vor dem Altar und sie hier in ihrem Bett. Zunächst ist sie verdutzt und fragt ihn, ob er denn außerhalb der üblichen Zeiten läuten dürfe, worauf er schelmisch erwidert, wer denn hier nun der Pfarrer sei. Später sitzt Mutter ergriffen von dem durchdringenden, vielstimmigen Tönen, das durch die geöffnete Terrassentüre in die kleine Wohnung schallt, auf ihrem Bett und Tränen laufen über ihre Wangen, sie hält die Hände gefaltet, den Blick hinaus auf das gelbe Laub der Bäume und den darüberliegenden Himmel. Vor dem Besuch des Pfarrers hatte Mutter mich gebeten, ihre Konfirmationsurkunde aus dem Jahr 1935 in ihren Unterlagen zu suchen, was ich nicht ohne Verwunderung tat, denn ich hatte dieses Dokument noch nie gesehen. Mit einem Mal erzählte sie von ihrer Vorstellung, wir seien nichts weniger als Staubkörner im Universum, und wenn wir Glück hätten, bliebe ein Gran von der Energie, die wir auf Erden erschaffen hätten, zurück, so wie es auch noch die Energie derer gäbe, die uns vorausgegangen sind. Sie würde uns nach ihrem Tod begleiten und sie sei für mich und meinen Bruder da, auf eine andere Weise. Wenn ich in Not sei, solle ich sie rufen.

Vom Pfarrer hat Mutter ein Hinterglasbild geschenkt bekommen, eine moderne Christusdarstellung, ich klebe es an die Terrassenscheibe und räume alle anderen gerahmten Fotos von meinem Bruder, mir, den Enkelkindern und der Urenkelin weg, jetzt sind nur noch die Orchideen übrig, die sie seit Jahren hegt, sie blühen gerade. Durch das Christusbild fallen Sonnenstrahlen und werfen rote, blaue und gelbe Farbschlieren auf Mutters Bettdecke. Sie erinnern an die Farbspiele der Glasfenster auf den Steinböden in alten Kirchen, die ich auf Reisen fotografiert habe, fasziniert von der Unwirklichkeit dieser filigranen Erscheinungen, die manches Mal unerwartete neue Tönungen hervorbrachten, hingeworfen auf von unzähligen Schritten geglättete Steinoberflächen. Im Lauf der Jahre habe ich dutzende dieser Bilder gesammelt, die letzte Serie habe ich Mutter vor zwei Wochen gezeigt. Jetzt sieht sie das wechselnde Farbenspiel im Zimmer und lächelt, bedankt sich für die »Geistdecke«, mit der sie nun während des Schlafes in lichtere Sphären schweben würde.

13

Mutter will am Morgen ein Glas lauwarmes Wasser, um den Gaumen und die Zunge zu befeuchten. Ich wasche ihr das Gesicht, die Hände mit einem feuchten Lappen, anschließend döst sie eine Weile vor sich hin. Ich bereite mir Knäckebrot, Butter, Honig und Schwarztee mit Milch zum Frühstück, lese das Regionalblatt, auf das ich mich nach anfänglichen Widerständen wieder eingelassen habe, und verfolge die Berichte über die Ereignisse in dieser Gegend, mit denen ich in den letzten Jahrzehnten nur selten in Berührung kam. Manchmal, wenn mich der Hunger nach Information packt, lese ich im Internet in internationalen Zeitungen, um mitzubekommen, was in der Welt geschieht. Immer seltener ist mir danach zumute, eine Mail mit Freunden auszutauschen, denn was sollte ich ihnen schon berichten, es passiert einerseits viel, doch scheint die Zeit hier, von außen betrachtet, stehen geblieben. Dann folgt Mutters ausgedehnte Morgentoilette, die uns beide inzwischen viel Kraft kostet, anschließend verlangt sie meist nach einem Malzkaffee, um dann wieder weiterzuschlafen. In den Vormittagsstunden breitet sich eine Stille um uns aus, die ich nicht zu stören wage. Telefonieren kann ich kaum noch, die

Wohnung ist zu klein, Mutter kann mich überall hören. Jeder Kontakt nach außen erscheint mir künstlich, und es ist mir nicht möglich, am Telefon über Dinge zu sprechen, die mich und mein Leben jenseits dieser vier Wände betreffen. Dieses Leben ist aktuell zurückgestellt. Die Zukunft ist die Zeit nach Mutters Tod. Wie soll ich darüber reden, ohne Mutter zu verletzen? Auch habe ich kein Gefühl mehr für die normale Lautstärke, denn an manchen Tagen reden Mutter und ich nur leise miteinander, je nach ihrem Zustand und abhängig von ihrer Laune, die innerhalb eines Tages rasch wechseln kann. Das Klingeln des Telefons fühlt sich wie ein durch Mark und Bein dringender Lärm an. Die Aufforderung, den Hörer abzunehmen, ist physisch zu spüren, und auch wenn sich der Anrufer nur zaghaft melden will, ist er bereits mit dem Signal mitten im Raum. Ich fürchte mich vor jedem Anruf, und doch hebe ich jedes Mal ab, um die Isolation, die uns zu umschließen beginnt, zu durchbrechen und Mutter die Möglichkeit zu geben, mit Freunden zu sprechen. Wenn sie wach ist und ich ihr den Hörer reiche, nachdem ich mich durch einen Blick ihrer Bereitschaft versichert habe, bemüht sie sich, ein paar freundliche Sätze auszutauschen, doch meist winkt sie ab, und ich sage dem Anrufer, sie würde schlafen, es ginge ihr den Umständen entsprechend gut. Wir leben hier in Mutters Wohnung wie auf einem eigenen Planeten, abgeschottet von der Welt. Nur mein Bruder, ihre Haushaltshilfe Frau Gabriel und manchmal die engsten Freunde aus der Burggasse kommen noch zu Besuch. Auch Mutters Enkel, den sie früher als Tagesmutter einige Jahre gehütet hatte, und dessen Frau schauen auf dem Heimweg von der Arbeit herein und fragen, ob sie mich unterstützen könnten, worauf ich meist nichts erwidern kann, weil meine Tage hier aus einer Vielzahl von kleinsten Verrichtungen bestehen, die mir niemand abnehmen kann. Wenn mein Bruder abends kommt und leise die Eingangstür öffnet, löst er mich für eine Weile ab und ich kann meine Spaziergänge unternehmen. Geht es Mutter gut, sitzt sie im Bett und begrüßt ihn herzlich, stellt ihm Fragen zu seinem Tag, doch wenn sie zu schwach ist, nickt sie lediglich, um zu zeigen, dass sie seine Anwesenheit zur Kenntnis nimmt.

Wenn Mutters Freunde kommen, warte ich mit Tee und Kuchen auf, halte mich aber im Hintergrund. Mutter versucht ihnen Aufmerksamkeit zu schenken, doch meist döst sie nach einer Weile ein und erwacht erst, wenn die Besucher die Wohnung längst verlassen haben. Eine Nachbarin kommt jeden zweiten Tag an die Wohnungstür, wo ich sie vertröste, denn Mutter erträgt ihre Klagen über das Unglück ihres Sterbens nicht mehr. Mutter war mit ihr in den letzten Jahren fast jeden Sonntag in ein Restaurant zum Mittagessen spaziert. Sie hatte dann eine Begleiterin, bei der sie sich unterhaken konnte, wenn sie von Schwindel geplagt wurde, und im Gegenzug konnte sie ihrer Freundin, die fast erblindet war, bei Tisch behilflich sein. Sie schnitt das Fleisch oder filetierte den Fisch, wischte schnell, bevor es andere Gäste sahen, die verschüttete Sauce weg oder entfernte ein Salatblatt vom Tischtuch.

Die anderen Mitbewohnerinnen des kleinen Mietshauses haben sich zurückgezogen, keine hat mehr an Mutters Wohnungstüre geklopft. In den ersten Tagen nach Mutters Rückkehr aus dem Spital habe ich bemerkt, wie sie im Treppenhaus auswichen, was auch bei mir Unsicherheit auslöste. Diese eigentümliche Stimmung im Haus war nur erklärbar mit ihrer eigenen Angst vor Siechtum und Tod. Ihren Rückzug konnte ich wohl verstehen, doch wollte ich das bedrückende Schweigen brechen, fasste mir ein Herz und ging in den Gemeinschaftsraum, wo sie gerade Karten spielten. Ich erzählte ihnen, wie es um Mutter stand. Sie wünschten gute Besserung und wirkten erleichtert, als ich den Raum wieder verließ. Vor zwei Tagen läutete die Tochter einer Frau aus dem oberen Stock an der Wohnungstür und sagte, sie sei später an der Übernahme des Pflegebettes interessiert.

14

Mutter hat mir den Rücken zugedreht, sie will ihre Ruhe haben. Ihr Atem wird langsamer, sie schläft tief. Es ist zu früh, um ins Bett zu gehen, selbst wenn ich unter einer erdrückenden Müdigkeit leide. Ich setze mich an den Esstisch und lese weiter in den Zeitungen vom Morgen, doch kann ich mich kaum darauf konzentrieren. Das Wechselblatt des Wochenkalenders zeigt ein Bild mit dem Titel »Nachtblau« von Ernst Wilhelm Nay. Ein kühles, nüchternes Bild, ich habe es vorher noch nie gesehen, kannte auch den Maler nicht. Auf der Rückseite lese ich, dass seine Bilder unter den Nationalsozialisten als entartete Kunst eingestuft worden waren. Mutter hatte erzählt, dass sie in ihrer Schulzeit von den Geschmacklosigkeiten der modernen Kunst gehört hatte. Mit Bildbänden und auch Besuchen von Ausstellungen in Wien, Zürich, Basel, zu denen ich sie mitnahm, je nachdem, wo ich gerade wohnte, versuchte ich ihr die Malerei der Moderne zugänglich zu machen, doch Mutter reagierte oft mit negativen Kommentaren, so als hätte sich die Erziehung von damals bis heute erhalten.

Mein Bruder zieht sich in den letzten Tagen mehr und mehr von uns zurück. Er kommt später zu Besuch, geht früher, redet wenig und wirkt unnahbar. Er ruft an, er habe heute keine Zeit, das hat für mich zur Konsequenz, dass ich die Wohnung nicht für meinen üblichen Spaziergang, den ich so herbeisehne, verlassen kann. Er sagt, es sei an der Zeit, eine private Krankenschwester zu engagieren, er könne mein Zögern nicht verstehen. Wenn Mutter Hilfe von außen ablehnen würde, dürfe ich mich deswegen nicht für sie aufopfern, und legt den Hörer auf. Mutter bekommt von dem kurzen Telefongespräch nichts mit, ich gehe auf die Terrasse hinaus und atme tief durch, bleibe eine Weile, ohne mir etwas überzuziehen, bis ich vor Kälte schlottere. Ganz auf mich allein gestellt und ohne die Möglichkeit, regelmäßig nach draußen zu kommen und dem Sterben zu entfliehen, fürchte ich, die nächsten Wochen nicht durchzuhalten. Als Mutter etwas später aufwacht, erzähle ich ihr von einer Vermittlungsstelle für private Krankenpflegerinnen, die man zwar selbst bezahlen muss, dafür steht einem ein und dieselbe Pflegerin für längere Zeit zur Verfügung. Mutter reagiert unwillig und missbilligend, sie will keine fremden Menschen um sich, sieht die Notwendigkeit nicht. Im Moment gibt es kein Entkommen, ich kann hier nicht weg, kann nicht gegen Mutters Willen handeln, jeder Gedanke daran ist Verrat an ihrem Sterben.

Im Schein der tief heruntergezogenen Lampe, die ich mit einem Tuch verhängt habe, um Mutter nicht zu blenden und vom Schlaf abzuhalten, beobachte ich, wie sie zu mir herüberblinzelt, die Augenlider leicht geöffnet, vielleicht beobachtet sie mich, ich verzichte darauf, sie anzusprechen. Sie scheint im heiligen Land der Ruhe zu schweben, dessen Grenze ich nicht zu überschreiten wage, weil ich hoffe, dieser Zustand möge sie ohne Schmerzen in einem Kahn dahingleiten lassen, der sie langsam einer anderen Welt entgegenträgt.

Szenen von früher fallen mir ein. Am liebsten verbrachten Mutter und ich dunkle Winterabende beim Kartenspiel, und die Zeit floss kaum merklich dahin, ein Spiel nach dem anderen wurde angesagt, und noch eines, und noch ein letztes, begleitet von den immer gleichen Sprüchen, mit denen wir scherzhaft versuchten, einander von unseren vorhersehbaren Winkelzügen abzulenken. In den letzten Jahren sah ich den Bewegungen ihrer knochig krummen Finger beim Ordnen und Ablegen der Karten zu. Sie waren inzwischen langsamer und ungelenker geworden als in meiner Kindheit, und ich dachte, während ich Mutter beobachtete, sie würde vor mir sterben, so wie es das Leben und die Generationenabfolge vorsah.

Ich sitze über meinen Notizen, mache kleine Einträge zur Situation, will mich nicht vollkommen darin verlieren. Wenn ich nicht allzu müde bin, hole ich gelegentlich den Laptop hervor, um mich mit dem Konzept für eine Rehabilitationsklinik in den Bergen zu beschäftigen. Ich brauche einen Traum, dem ich nachhängen kann, der meine Phantasie beflügelt, mir Hoffnung gibt und den Willen, meine Visionen im Beruf umzusetzen. Der Rest des Raumes ist ins Dunkel getaucht, als würde das Licht meine Sphäre von der meiner Mutter trennen und doch eine behagliche Gleichzeitigkeit ermöglichen. Der Kreis der Wahrnehmung wird kleiner, das Sehen wird genauer, die Welt, die sich hinter den Beobachtungen auftut, wird tiefer und ist nicht mehr zu vergleichen mit der, die einem entgegentritt, wenn man im normalen Getriebe des alltäglichen Arbeitens und Erledigens steckt. Es ist ein Vorteil des Älterwerdens, wenn man sich mit dem Naheliegenden anfreundet, nicht damit hadert, sondern die Weite der Welt im Kleinen findet.

15

Die Falten an Mutters Oberschenkeln werden tiefer, die Brüste sind nur noch Hautlappen, was sie beim Waschen kommentiert. Sie betrauert den Verlust ihrer Weiblichkeit, was mich verwundert, weil alles zum Körper und zur Sexualität Gehörige zwischen uns meist eine ausgesparte Zone war. Weder hatte sie mich aufgeklärt, das hatte damals die Lehrerin im Biologieunterricht übernommen, noch hatte Mutter jemals einen unangestrengten Satz über Geschlechtliches verloren. Und jetzt diese Bemerkungen über ihre Brust, die ganz selbstverständlich daherkommen, als spräche sie zu sich selbst. Wenn es ihr angenehm ist, verwende ich etwas mehr Massagedruck beim Waschen und Eincremen, um die Durchblutung zu fördern und ihr ein angenehmes Wärmegefühl auf der Haut zu verschaffen. Das Bürsten der Haare überlässt sie inzwischen mir und kann die Berührung genießen, sie schließt die Augen, wird ganz weich und entspannt im Nacken, den ich ihr im Anschluss sanft mit Rosenöl einreibe. Als ich sieben oder acht Jahre alt war, gab es ein abendliches Ritual, bei dem ich mich auf ein Kissen zwischen Mutters Beine setzte. Sie kämmte meine langen Haare, versuchte unterschiedliche Frisuren mit Zöpfen, die sie mir flocht, über die wir dann, nachdem ich sie im Handspiegel betrachtet hatte, lauthals lachen mussten, weil ich aussah wie eine Hexe oder wie die Unschuld vom Land. Das zärtliche Ziehen an der Kopfhaut kann ich noch heute spüren.

Mutter bekommt von mir am Mittag einen feuchtwarmen Bauchwickel angelegt, die gestaute Luft kann so besser aus dem Darm entweichen, was ihr Erleichterung verschafft. Früher hatte sie sich bei Bauchschmerzen mit Schafgarbenwickeln kuriert und immer darauf geachtet, jederzeit genügend von den getrockneten Pflanzen in einem großen Einmachglas in der Küchenkredenz bereitzuhalten. Zusammen mit anderen Gläsern voll mit Pfefferminze, Wermut und Thymian, alles Kräuter, die sie in ihrem Gartenbeet zog, gehörten sie zur Hausapotheke und wurden bei verschiedenen Beschwerden eingesetzt. Ohrenschmerzen wurden mit frisch gehackten, in Honig angesetzten Zwiebeln, die sie in einem warmen Tuch auflegte, kuriert, Fieber hingegen vertrieb sie mit eiskalten Essigsocken. Jetzt versuche ich, Mutter mit derselben Sorgfalt und Geduld zu pflegen, wenn ich ihre Füße und Unterschenkel mit Lavendelöl massiere, vor allem nachmittags oder nachts, wenn das Liegen anstrengend wird und sie sich unter der Bettdecke unruhig zu bewegen beginnt.

Letzte Nacht hatte ich einen bewegten Traum, der weit in den Tag hineinreichte. Ich hatte mein Lager in einem Zelt auf einer Insel aufgeschlagen, im Hintergrund Berge, denen grüne Hügel vorgelagert waren.

Vor mir fiel das Gelände sanft zu einer kleinen Bucht ab, an deren Strand die Wellen eines graublauen Meeres schlugen. Den Tag verbrachte ich damit, zu Fuß die Umgebung zu erkunden, um abends am Feuer zu sitzen und einen Fisch zu braten. Als ich am Morgen erwachte, fühlte ich mich fremd in der Wohnung, und es dauerte eine Weile, bis ich mich wieder orientieren konnte. Ich fragte mich, warum es mir in meinem Leben selten gelungen ist, die Zeit genügsam zu verbringen, statt ständig mit etwas beschäftigt zu sein. Dann erinnerte ich mich an einen alten Grabstein, dessen altmodische Inschrift mich letztes Jahr auf einer Reise nach Südtirol in ihren Bann gezogen hatte. Darauf stand: »Es ist später als Du denkst.«

16

Mutter hat starke Schmerzen, und ich beginne mit einer kleinen Dosis Schmerzmittel subkutan, so wie ich es mit dem Hausarzt besprochen habe. Es fällt mir schwer, ihr die Spritze zu setzen, ich fühle mich unsicher, mir ist nicht wohl in meiner Haut und ich habe schwere Glieder, müde Beine, Kopfschmerzen, der Hals beginnt zu kratzen, ich befürchte krank zu werden. Trotz meiner Bemühungen, Gleichmut zu bewahren, überkommt mich manchmal ein Gefühl der Ausweglosigkeit. Allen guten Vorsätzen zum Trotz bin ich innerlich schnell aufgebracht, wenn etwas im Haushalt nicht funktioniert oder Mutter nachts öfter nach mir verlangt, weil sie Harndrang verspürt, aber nach aller Anstrengung, die es uns beide kostet, sie auf den Leibstuhl zu setzen, nur ein paar Tropfen Flüssigkeit den Boden der Plastikschüssel überziehen. In mir beginnt sich eine Wut aufzustauen, weil Mutter sich vehement dagegen wehrt, eine Pflegerin anzustellen, die mich entlasten könnte. Mutter sagte in schwierigen Situationen früher oft, »sie könne die Wände hochgehen«, drehte dann die Augen himmelwärts und gab einen Stoßseufzer von sich. Ich muss lachen, wenn ich daran denke.

Ich sollte für die sich anbahnende Erkältung dankbar sein, die mich müde und schlapp macht, denn in geschwächtem Zustand ertrage ich die Lage hier besser, und es kommt nicht so leicht das Gefühl auf, ich müsste ausbrechen. Der Tagesablauf kreist um die Aufrechterhaltung ihrer und inzwischen auch meiner eigenen Kräfte. Bislang konnte ich kurze Anspannungszustände kaschieren, konnte mich durch Wäschewaschen, Bodenwischen und Badezimmerputzen dermaßen zum Schwitzen bringen, dass ich kurzfristig alles andere hinter mir lassen konnte und mich danach ausgeglichen fühlte. Eine andere Art der Zerstreuung, die meist funktioniert, auch wenn ich müde bin, ist die Beschäftigung mit kleinen Zeichnungen, die ich mit schwarzer Tinte zu Papier bringe.

Während der Zeit am Gymnasium hatte ich, anstatt Hausaufgaben zu machen, begonnen, kleine Tuschzeichnungen anzufertigen, Miniaturen zunächst, mit dem alten Griffel, den ich in den Hinterlassenschaften meiner beiden Brüder gefunden hatte. Später benutzte ich Aquarellfarben, die auf meinem Schreibtisch bereitstanden. Wenn die Zusammensetzung des englischen Parlaments, die ich für die Schularbeit am nächsten Tag vorzubereiten hatte, nach der dritten Wiederholung langweilig zu werden drohte, erträumte ich mir malend Seen, sanfte Hügel in zahlreichen Grünschattierungen, von hohen weißen Wolkentürmen überragt. In der Volksschule hatte ich zunächst eine Abneigung gegen das Zeichnen gehabt, und so war es Mutter, die einige

Hausaufgaben in diesem Fach für mich anfertigte, wovon ich noch zwei Blätter besitze, den »Frühlingswald« und die »jungen Vögel auf einem Ast«. Es sind beides kindliche Zeichnungen, aber doch nicht naiv genug, um die Lehrerin zu täuschen, die mich zur Strafe nachsitzen ließ. Als Mutter in den letzten Jahren wieder zu zeichnen begann, entsprach es in der Art des Farbgebrauchs und der Strichführung ihrer Darstellungskunst von damals. Sie zeigte mir ein paar Arbeiten, und ich musste gerührt von den Erinnerungen an meine Schulzeit lachen, was Mutter zunächst missverstand, weil sie meinte, ich machte mich über ihre Künste lustig.

17

Mutter schläft. Eine ehemalige Nachbarin vertritt mich, sie sitzt im Lehnsessel und löst Kreuzworträtsel. Sie hat es mir vor zwei Tagen spontan vorgeschlagen, was ich dankend angenommen habe, nicht ohne Mutters skeptischen Blick zu bemerken, als sie das hörte. Sie hat dann weiter nichts dazu gesagt, und ich glaube, dass sie verstanden hat, wie schwer mir die letzten Tage, ohne Ablösung durch meinen Bruder, gefallen sind.

Es ist höchste Zeit, mit den Chefärzten zu telefonieren, um ihnen zu sagen, dass ich vor nächstem Frühling nicht zur Verfügung stehe, und das muss ich außerhalb von Mutters Hörweite erledigen. Es war mir unangenehm, dass sie gestern mitbekommen hat, wie ich einen Anruf von einer Klinik entgegennahm. Der Leiter fragte mich, ob ich zum Ärzterapport in drei Tagen kommen könnte, und ich sagte kurz angebunden, es sei nicht möglich, die Reise anzutreten, nicht jetzt. Zwei Welten prallen aufeinander, wenn ich am Telefon spreche. Ich höre, was das Gegenüber will, kann jedoch nicht sagen, dass ich erst kommen werde, wenn meine Mutter tot ist. Der Tod braucht Zeit, er duldet keine Eile, er duldet nichts anderes neben sich.

Ich fühle mich kränklich und steuere das Gasthaus in der Altstadt an, in dem ich manchmal einkehre, dort finde ich meist eine ruhige Ecke. Mein Kopf ist heiß und ich werde Husten bekommen, das schmerzhafte Kratzen im Kehlkopf lässt mich ahnen, wie zäh sich der Schleim in meinem Hals in den letzten Stunden festgesetzt hat. An einen Spaziergang ist nicht zu denken, obwohl ich mir gestern nichts sehnlicher gewünscht habe, als ein paar Schritte zu gehen, am Bach entlang, in der Au und dann noch weiter hinaus bis zum Sportflughafen.

In der Gaststube weit hinten ist mein Stammplatz, neben dem Fenster, wo man hinaus auf die Nebenstraße sehen kann, in der nur manchmal Fußgänger vorbeispazieren. Das Servierpersonal hier kennt mich bereits, ich bestelle immer dasselbe, einen großen Teller mit Frittatensuppe und eine Schüssel Endiviensalat mit lauwarmen Kartoffeln und Kernöl, nachher noch Kaffee. Inzwischen kann ich in Mutters Wohnung nicht mehr kochen. Der Geruch nach Essen füllt im Nu den Raum, und es ist eine Zumutung Mutter gegenüber, die selbst fast keine Nahrung mehr zu sich nehmen kann. Wir haben uns gestern über den Leichenschmaus unterhalten, sie hat unvermittelt mit dem Thema angefangen, hat sich zurückerinnert an Vaters Leichenmahl im Gasthof des Werkshotels und wollte nicht, dass ihre Verabschiedung am selben Ort stattfinden würde, außerdem meinte sie, das Gulasch sei im Gasthaus in der Altstadt, wo ich gerade sitze, besser. Das Werkshotel verbinde ich mit Orchesterkonzerten und Maturabällen, die ich ab sechzehn mit meinen Schulfreundinnen besuchen durfte, ich verbinde es aber auch mit der ehemaligen Arbeiterkantine, die Vater nach seiner Pensionierung noch besuchte und wohin ich ihn ein, zwei Mal begleitet hatte, um neben ihm an einem langen Tisch aus abgeschabten Tellern einen Eintopf mit Kartoffeln, Kohl und Wurststücken zu löffeln.

Ich habe Mutter versprochen, hier im Gasthof in der Altstadt noch einmal eine Kostprobe vom Gulasch zu bestellen, habe allerdings zurzeit einen Ekel vor Fleisch. Für sich selbst wünscht Mutter zum Leichenschmaus einen Teller Kartoffelsalat. Wenn sie ihn gegessen hätte, so sagt sie, würde sie gestärkt die Reise antreten, die nach ihrer Vorstellung einige Zeit in Anspruch nehmen wird. Zuerst noch ein paar Tage in der Nähe der Menschen und dann hinaus in die Weiten des Weltalls. Ich bin erstaunt darüber, wie sie von der Zeit nach ihrem Tod spricht. Das Hadern mit dem nahen Ende hat sich verändert, und Mutter scheint nicht mehr von den heftigen Ängsten gepeinigt zu werden wie noch vor zwei Wochen.

18

Mutter will nur ruhig liegen, will hinausschauen auf die Apfelbäume, deren hellbraune und rotgelbe Blätter im warmen nachmittäglichen Herbstlicht leuchten. Ich kann ihr an diesen langen stillen Tagen nicht anders beistehen, als ihr die Hand zu halten. Manchmal lese ich ihr morgens aus der Zeitung vor, abends aus den Märchenbüchern, die noch immer in Mutters Bücherregal stehen. Sie stammen aus unserer Kindheit, mit kolorierten Darstellungen der Schneekönigin, des Kalif Storch, Zwerg Nase, König Drosselbart und Rübezahl, die ich seit Jahrzehnten nicht mehr gesehen habe. Mit alter Vertrautheit blicken sie mich von den vergilbten, ausgefransten Seiten an. Gelegentlich schalte ich am Vormittag ein Hörspiel im Radio ein, so wie damals, als Mutter in der Küche am Herd hantierte und ich verträumt auf dem Sofa lag, beide ganz Ohr und weggetragen von den Geräuschen und Stimmen. Zwischendurch singe ich für sie Volksweisen aus unserem alten Liederbuch mit dem abgewetzten lindgrünen Stoffeinband, auf dem das stilisierte Bild zweier Vögel auf einem Engelswurzstrauch aufgeprägt ist. Mutter hat mir viele der Melodien beigebracht, andere habe ich in der Schule gelernt. Vater konnte nicht singen und so war er ein stiller Zuhörer gewesen, wenn wir am Abend ein paar Lieder zur Jahreszeit passend anstimmten. In den beiden Jahren vor der Matura haben wir zusammen in einem der Chöre im Ort gesungen, Mutter blieb dort Mitglied bis zu ihrem siebzigsten Geburtstag, doch irgendwann wollte der Leiter keine »alten Damen« mehr, die den Stimmkörper mit ihrem Vibrato zersetzen. Mutter war schweren Herzens ausgeschieden, konnte auch nicht mehr an den Ausflugsfahrten und Kegelabenden teilnehmen. Zunächst hatte ich ihren Rückzug in die Einsamkeit befürchtet, doch sie meldete sich mit einer Nachbarin bei einer Seniorenreisegesellschaft an. Die Welt mit Reisen alleine zu erkunden war ihr ein unüberwindbares Hindernis, denn sie besaß wenig Erfahrung darin. Vater hatte früher lediglich eine Bahnfahrt nach Frankfurt zu ihrer alten Freundin Ria geduldet und durch seine schlechte Laune, die er bei Mutters Reiseplänen an den Tag legte, weitere Alleingänge verhindert.

Am Abend ist Mutter mit dem Regeln ihrer Hinterlassenschaft beschäftigt. Sie bespricht mit mir und meinem Bruder, der seinen Boykott aufgegeben hat und wieder regelmäßig vorbeikommt, wem sie ihre Möbelstücke, die sie erst vor zwei Jahren erstanden hat, vermachen möchte, wer am ehesten den Tisch gebrauchen könnte, das Sofa, den Schrank. Mein Bruder und ich sitzen einträchtig an Mutters Bettkante, und sie bittet mich, ihre Schmuckschatulle aus dem Schlafzimmer zu holen, sie redet über das Begräbnis und den Spruch für die Todesanzeige, dessen Auswahl ihr schwerfällt. Sie ist aufgekratzt und redselig, die sonst drückende Schwäche scheint gewichen.

In diesen Momenten des Abschiednehmens frage ich mich, wer an meinem Totenbett sitzen wird. Ich habe keine Kinder. Mutter hat mich mit siebzehn zu einer Abtreibung gezwungen, nachdem ich trotz Verhütung von meinem ersten Freund schwanger geworden war. Es war für mich unabdingbar, die Matura zu erlangen, denn ich wollte weg aus dieser Kleinstadt, weg vom eingezwängten Leben meiner Eltern, das sich zwischen Werkshallen und Schrebergärten abspielte, doch nun drohte mir der Rauswurf aus der Schule. Nach dem Test, den ich mehrfach vorgenommen hatte und der stets positiv war, blieb mir nichts anderes übrig, als Mutter ins Vertrauen zu ziehen. Sie hörte mir zunächst schweigend zu und sagte dann, sie habe sich bereits gedacht, dass etwas mit mir nicht in Ordnung sei, weil ich in der letzten Zeit mehr gegessen hätte als sonst. Dann gab sie mir unerwartet eine schallende Ohrfeige und verließ die Wohnung, ohne mich noch eines weiteren Wortes zu würdigen. Ich blieb verstört zurück, hatte nicht den Mut, mit Vater zu reden, denn vor seinen Wutausbrüchen hatte ich am meisten Angst. In den Tagen darauf gab es ständig Krach zwischen meinen Eltern und mir, bis ich letztendlich zu meinem Bruder und dessen Familie zog. Mein Freund und ich versuchten in wiederholten Gesprächen mit unseren Eltern, uns für die Schwangerschaft einzusetzen, denn wir sahen beide eine Abtreibung als Fehler an, trotz der Angst, was aus uns und dem Kind werden würde, wenn wir dann in der Fabrik oder in einem Gasthaus unseren Lebensunterhalt selbst verdienen mussten.

Mutter sagte Jahre später, sie hätte mich davor bewahren wollen, mit »Kind und Kegel«, wie sie mehrmals betonte, zu Hause bleiben zu müssen, in Abhängigkeit eines Mannes, auf den möglicherweise kein Verlass gewesen wäre. Sie hatte befürchtet, ich würde nicht studieren und hätte eine düstere Zukunft vor mir, in einer Industriestadt am Ende der Siebzigerjahre, die von Arbeitslosigkeit geprägt war. Nachdem niemand uns unterstützte, ich nächtelang keinen Schlaf mehr fand und der Widerstand, der Zorn und das Schweigen beider Elternpaare immer unerträglicher wurden, meldete ich mich letztendlich zu einem Termin in der Frauenabteilung des Spitals an.

19

Mutters Gesicht ist regungslos. Sie scheint nicht zu träumen, reagiert nicht, wenn ich aus Versehen eine Tür zu laut schließe. Ein Mensch kann ohne Nahrung einige Wochen überleben, er benötigt vor allem Wasser, und dieses versuche ich Mutter in kleinen Schlucken anzubieten. Mutters Körper scheint zu schrumpfen, seit ihrem Geburtstag habe ich kein Foto von ihr gemacht, will den Verfall nicht mit Bildern dokumentieren. Mit ihrem Einverständnis habe ich heute zusätzlich wieder eine kleine Dosis Schmerzmittel unter die Haut gespritzt.

In der Früh war ich etwas hektisch bei der Morgentoilette, die Erkältung schwächt mich noch immer und mir war unwohl, die Anstrengung zu viel. Mutter hätte lieber mehr Zeit gehabt und hat dann, zurück im Bett, zu mir gesagt, ich sei sicherlich eine gute Ärztin, aber als Pflegerin hätte ich nicht allzu viel Erfahrung. Diese Bemerkung gibt mir das Gefühl, nicht zu genügen. Morgen werde ich die Wäsche langsamer gestalten, sie ist ein Höhepunkt des Tages, an dem Mutter ihren Körper begutachtet, Veränderungen wahrnimmt, sich mit dem Fortschreiten ihres Verschwindens auseinandersetzt, die

Beobachtungen benennt. Sie registriert die zunehmende Schlaffheit ihrer Oberarme, die Falten am Hals. Die Entspannung nach der Anstrengung der Körperpflege, wenn sie sich wieder in die Kissen zurücklehnen kann, wirkt auf mich wie die Zufriedenheit nach getaner Arbeit. Durch meine Eile habe ich ihr das heute versagt.

Noch immer »Nachtblau« von Nay, das Bild ist mir unangenehm, weswegen ich den Kalender ein paar Tage nicht beachtet habe. Die weiße Figur auf der linken Seite hat etwas von einem Geschwür. Das tiefe Rot auf der Gegenseite sieht aus wie die Andeutung einer Vulva. Ich habe mir den Kalender nicht ausgesucht, ich akzeptiere ihn als Gesellen, der mir grobe Orientierung für das Vergehen der Zeit bietet. Wäre ich diesem Bild in einem Museum begegnet, hätte ich meinen Rundgang fortgesetzt, ohne Notiz zu nehmen. Hier aber leben wir in einer Zwangsgemeinschaft. Ich wechsle das Blatt, freue mich über die mittelalterliche Darstellung des Heiligen Martin, der seinen Mantel mit dem Bettler teilt. Es erinnert mich an einen Aufenthalt mit Mutter und meiner Cousine in Assisi, wo wir an einem luftig warmen Frühlingstag die Kirche des Heiligen Franziskus besuchten.

Mutter sagt, sie hadere mit dem Sterben, sie habe sich das Ganze einfacher vorgestellt. Man könne nicht sterben, nur weil man es wolle, das habe sie inzwischen verstanden. Mutter war nie beim Sterben dabei, nicht bei ihrer eigenen Mutter, auch nicht bei ihrem Vater, der, zehn Jahre nachdem sie nach Österreich ausgewandert war, an einem Magendurchbruch verstarb. Ihr Schwiegervater hatte sich nachts, nach dem Besuch bei einer befreundeten Tischlerfamilie, wo er noch sein abendliches Bier getrunken hatte, mit seinem Lodenmantel ins Bett gelegt und war nicht mehr aufgewacht. Die Schwiegermutter fand man eines Morgens tot im Bett des Pflegeheimes. Ihr ältester Sohn starb mit achtzehn Jahren an einem Gehirntumor. Er kam nach einer Operation nicht mehr zu sich, und als Mutter, mit mir an der Hand, ihn im Krankenhaus besuchen wollte, war sein Bett leer.

20

Mutter hat den ganzen Vormittag verschlafen. Die Zeit vergeht langsam in ihrer Nähe. Es ist Mitte November, und ich bin seit einem Monat hier. Ich sitze am Tisch und sehe hinüber zu Mutters Bett vor dem großen Fenster. Am Morgen war draußen alles von glitzerndem Frost eingehüllt, eine dünne Eisschicht überzog das Wasser im flachen Tontopf, der sonst als Vogelbad dient. Die Sonne brach zaghaft durch den Nebel, abgefallene Blätter lagen festgefroren auf den Terrassensteinen, gesäumt von einem zarten Flaum aus kleinen Kristallen. Gestern Abend, als ich nach einem kurzen Regen noch aus dem Fenster gesehen hatte, sind Hundertschaften von Regenwürmern auf dem Asphalt vor dem Haus gekrochen, heute sind alle verschwunden. Der Schlossberg beugt seinen Rücken sanft und die Sonne wird trotz ihres tiefen Standes in den nächsten Wochen täglich über ihn hinwegrollen, um die Wohnung mit ihren Strahlen zu erhellen.

Mein Bruder kommt erst nach Einbruch der Dunkelheit, es ist dann zu spät, um noch ausgiebig durch Wald und Feld zu streifen. Ich muss versuchen, tagsüber für mehr Ablösung zu sorgen, doch ich bemerke meine Scheu davor, Freunde, die Mutter zwar nahestehen, mit ihrer Betreuung zu belasten. Es liegt ein Tabu in der Luft, als sei das Sterben etwas Privates, in das niemand außerhalb der Familie einbezogen werden soll. Wann immer ich Mutter in guter Obhut weiß und hinaus ins Freie kann, um zu gehen, bis ich meinen Körper wieder spüre, fällt eine große Last von mir. In den Wochen hier ist es immer wieder gelungen, meine Traurigkeit durch Gehen zu vertreiben. Es ist auch die Trauer um die eigene Kindheit, die mit Mutter unwiederbringlich verschwinden wird. Diese Zeit, in der sie mich behütet hat, in der ich ihr Kind, ihr »Weibi« war. Mutter hat oft mit Freude im Blick von ihrer kleinen Tochter erzählt, »ihr Mädel«, über das sie sich so gefreut hat, obwohl sie zunächst entsetzt gewesen war, wie sie sagte, so spät noch ein Kind zu erwarten.

Meine Spaziergänge orientieren sich an den Wegen meiner Kindheit und Jugend, an deren Kreuzungen die alten Gespenster hocken und mich mit ihrem Lächeln oder ihren Fratzen begrüßen, als hätten wir uns unlängst erst gesehen und als wüssten sie genauestens Bescheid darüber, was mich umtreibt, als wollten sie sich einmischen, um noch ihren Platz in meinem Leben zu behaupten. Manchmal gehe ich mit staunenden Augen, dann wieder mit dem Blick auf den Boden gerichtet, in Gedanken versunken, dann drängen sich die Gespenster dicht aneinander in mein Gedächtnis. Wenn ich nicht von ihnen erzählen würde, wären sie unweigerlich verloren, niemand würde sie mehr erkennen, sie im Vorbeigehen grüßen oder ihnen zurufen, sie sollten doch endlich verschwinden. Ich habe keine Kinder, denen ich von ihnen berichten kann und mit denen sie weiter ein Leben führen könnten, und meine Freunde interessieren sich nicht für sie, denn sie kennen diese Sorte Gespenster nicht, sie haben ihre eigenen. Mit dem Begehen der alten Wege ist mir auch eine Vertrautheit begegnet, ein Aufgenommensein in eine Landschaft, die schon immer so ausgesehen hat, mit all den Buchen und Linden, den Bergwiesen, den Fichten und Tannen, den Kirchen und Friedhöfen. Es sind Landschaften, die mich berühren, die jetzt in dieser Zeit etwas Tröstliches an sich haben. Der Geruch nach Vaters braunem Leinenrucksack, der im Kleiderschrank des Schlafzimmers meiner Eltern sein Dasein fristete, nachdem die Familienwanderungen im Gebirge schon Jahre zurücklagen, taucht mit einem Mal auf. Die Bergformationen, die mich als Kind bereits fasziniert hatten, erscheinen mir in den letzten Wochen noch lieblicher als in den dreißig Jahren zuvor. Für Augenblicke bin ich in meiner Vorstellung wieder das Mädchen mit den blonden Zöpfen und weißen Kniestrümpfen, das hier einmal zu Hause gewesen ist.

Ich möchte anwesend sein, wenn der Tod kommt. Ich möchte Mutters Hand halten, möchte ihr auf Wiedersehen sagen, ihr den letzten Dienst erweisen und ihr die Augen schließen. Bis jetzt bin ich dem Tod lediglich als Ärztin begegnet, kurz bevor oder nachdem er das Zimmer betreten hatte. Selten konnte ich dann länger anwesend sein, der Tagesablauf in der Klinik hatte es nicht zugelassen. Ich konnte nur die Aussichtslosigkeit im Kampf gegen ihn wahrnehmen, die Hilflosigkeit der Angehörigen, die oft bis zum Letzten nach medizinischen Maßnahmen verlangten und dabei vom leisen Hinausgehen der Seele nichts mitbekamen, bis sie dann überrascht und vorwurfsvoll auf den offenen Mund des zurückgebliebenen Leichnams blickten. Ein befreundeter Arzt hat erzählt, er würde den Umgang mit Sterbenden nicht missen wollen, denn manchen Menschen sei eine Weisheit zu eigen, wenn sie aufrechten Hauptes und gelassen durch das letzte Tor treten.

Wenn ich von meinen Spaziergängen zurückkomme, Mutter keine Schmerzen hat und friedvoll in ihrem Bett liegt, dann ist in der kleinen Wohnung alles licht und leicht. Die Minuten dehnen sich und doch erscheinen die vergehenden Stunden kurz, eine Zeit, die nirgends beginnt und nirgends endet. Ich kann dann einfach eine Weile lang dasitzen und nichts tun, fühle eine Gelassenheit dem Leben gegenüber und bin dankbar.

21

Mutter bemerkt meine innere Unruhe, fragt mich, ob ich nicht Lust hätte, an die frische Luft zu gehen, doch das kann ich nicht. Um die spürbare Spannung zwischen uns aufzulösen, schlage ich ihr vor, im Hintergrund Musik laufen zu lassen. Mutter hört gerne alte Schlager aus ihrer Jugend, Gassenhauer aus dem Krieg und den Jahren davor. Die Lieder der Comedian Harmonists oder von Zarah Leander summte sie früher oft mit, hatte teils den Wortlaut der Strophen im Kopf, so als hätte sie erst gestern »Veronika der Lenz ist da« oder »Ich weiß, es wird einmal ein Wunder geschehen« gesungen. Doch in den letzten Wochen liegt sie nur noch still da und hängt ihren Gedanken nach. Für mich waren diese Lieder untrennbar mit dem Zweiten Weltkrieg verbunden, der durch Mutters Erzählungen zu meinem Aufwachsen gehörte. Als ich einmal mit Mutter bei ihrer Jugendfreundin Ria in Fechenheim zu Besuch war, tauschten sie Geschichten von der Arbeit in der Telefonzentrale der Farbenfabrik aus. Darüber, wie sie bei Bombenangriffen vor lauter Angst mit den anderen Arbeitsdienstfrauen laut gesungen hatten, während sie die Stellung halten mussten, um die Warnsirene auszulösen, da der Rest der Belegschaft bereits in den Bunker flüchtete. Damals hatte sie Vater kennengelernt, der als junger Wehrmachtssoldat im selben Stadtteil als Funker seinen Dienst tat. Ich war sieben Jahre alt, und als Mutter und Ria die Geschichten von Hunger, von Hamsterfahrten aufs Land, von Bomben und Besatzungssoldaten aus ihrem Gedächtnis kramten, stellte ich mir vor, ich sei mittendrin im Sirenengeheul. Gestern sollte ich für Mutter »Lili Marleen« spielen, und mir war, als stünden wir beide vor der Kaserne und warteten auf Vater.

Manchmal will Mutter Opern hören, »Aida«, »Nabucco« oder »Madame Butterfly«, die sie mit ihrer Freundin in Wien, der Arena von Verona oder im Steinbruch von St. Margarethen gesehen hatte. Mutters Entdeckung der Opernwelt war an mir vorbeigegangen, und es ist ein neues Erlebnis, mit ihr Werke zu hören, die wir unabhängig voneinander in ganz verschiedenen Kontexten kennengelernt haben. Dieses gemeinsame Lauschen verbindet uns. Mutter liegt andächtig in ihren Kissen, den Oberkörper etwas erhöht. Sie möchte, wie im Publikum, eine angemessene Haltung einnehmen. Ich habe »Die Zauberflöte« eingeschaltet, bald wird Mutter ruhig einschlafen, und ich werde die Musik leiser drehen, damit sie bei den Fortissimi nicht aus dem Schlaf schreckt.

22

Es ist Jahre her, seit Mutter und ich das letzte Mal über das Kind gesprochen haben, das ich abgetrieben habe. Ich nenne es Rainer Maria, um beide Geschlechter zu berücksichtigen und um Namen aus unserer Familientradition zu verwenden. Lange habe ich nicht mehr so intensiv daran gedacht, nur manchmal hatte sich eine Zeitlang eine Wehmut bemerkbar gemacht, wenn ich davon hörte, eine Frau würde gebären. Heute wäre das Kind ein erwachsener Mensch und er oder sie hätte bereits selbst Familie. In den letzten Nächten lässt mich der Gedanke daran nicht schlafen. Ich schalte das Licht nochmals ein, hänge ein Tuch an die Rückseite der Tischlampe und stelle mir vor, wie ich mit meiner Tochter oder mit meinem Sohn gemeinsam in einen sommerlichen See springe.

Mutter entfernt sich mit jedem Tag, vielleicht ist es endgültig zu spät, um nochmals davon anzufangen. Sie hatte vor Jahren beteuert, dass sie, im Nachhinein betrachtet, anders entscheiden würde, dass sie alles tun würde, um mich und das Kind zu unterstützen. »Weißt Du, irgendwie wäre es möglich gewesen. Irgendwie hätten wir das geschafft.« Das musste wohl genügen. Sie hatte sich gerechtfertigt, aber bei mir entschuldigt hatte sie sich nicht.

Der evangelische Pfarrer kommt zu Besuch, er möchte mit Mutter, meinem Bruder und mir das letzte Abendmahl feiern, lässt uns gegenseitig unsere Hände halten und sagt, wir sollen alles verzeihen, all das, was wir uns je gegenseitig angetan haben. Für mich ist es der falsche Zeitpunkt, ich will über das Kind reden, kann mich noch nicht mit Mutter versöhnen. Ich kann nicht sagen, wie lange es her ist, seit ich mit innerer Beteiligung an einem Sakrament teilgenommen habe, möglicherweise zuletzt in Kindertagen. Trotzdem lasse ich, Mutter zuliebe, die Zeremonie über mich ergehen. Der Pfarrer meint beim Abschied, er wünsche Mutter Frieden und Gleichmut, und hält lange ihre Hand. In der kurzen Zeit ihrer Bekanntschaft hat sich eine Beziehung zwischen ihnen entwickelt. Er sagt, Mutter erinnere ihn an seine eigene Großmutter in Hessen, bei der er als Kind aufgewachsen war. Wer von beiden dem anderen mehr Beistand leistet, ist unklar. Wenn er Mutter von seinen Sorgen mit den Schülern erzählt, von der Einsamkeit, die ihn manchmal plagen würde, seit sich seine Verlobte von ihm getrennt habe, dann haben sich die Rollen verkehrt. Sie gibt ihm Trost mit auf den Weg, ein paar mütterliche Worte. Mutter bleibt, als er gegangen ist, in einer friedvollen Stimmung zurück. Sie versucht zu schlafen, wird aber unruhig und klagt über Schwindel, muss erbrechen, wieder und wieder, bitter riechenden Schleim, der Körper reagiert auf die Anstrengung, die es sie gekostet hat, sich ihre Schwäche vor dem jungen Geistlichen nicht anmerken zu lassen. Nachdem ich sie zur Nacht gebettet habe, bleibe ich mit einem Gefühl von Leere auf der Terrasse in der kalten Dunkelheit zurück.

23

Mutter hat in den letzten Tagen ein paar Löffel Haferbrei, wenige Schlucke dünne Spinatsuppe und winzige Mengen Malzkaffee zu sich genommen. Ich bemühe mich, in der Wohnung und besonders in Mutters Nähe Ordnung zu halten, alles sauber zu machen, die notwendigen zusätzlichen Hilfsmittel so zu drapieren, als würden sie wie selbstverständlich zur Einrichtung gehören, auch wenn sie hässlich sind und man sie eigentlich gar nicht als Dauergäste neben sich dulden möchte. Die Tabletten habe ich in einer Schachtel auf der Ablage bei den Büchern gelagert, die Schnabeltasse steht auf einem Kästchen neben Mutters Bett, ebenso die Papiertücher und die Nierentasse, falls Mutter erbrechen muss. Feuchtigkeitsstäbchen, das Fläschchen mit den Augentropfen und ein Waschlappen ergänzen die Ansammlung, die in Reichweite steht, alles soll seinen Platz haben, das ist Mutters Wunsch. Sie sagt, es solle nicht aussehen wie in einem »Lazarett«, auch nicht wie in einem Pflegeheim. Selbst hat sie immer Wert darauf gelegt, alles aufzuräumen, auch wenn sie krank war und alle Kraft dafür aufbringen musste, um sich auf den Beinen zu halten. Erst nach getaner Arbeit legte sie sich wieder aufs Sofa, zog die rostbraune Wolldecke, die sie seit Jahrzehnten begleitet, bis zu den Ohren hoch und döste. Mit gutem Gefühl konnte sie dann dem Tag ein oder zwei Stunden stehlen, es würde nicht auffallen, würde nicht geahndet. Wenn ungemeldeter Besuch kam oder der Arzt, war wieder alles ordentlich und bereit.

Die Nacht war kurz, ständig bin ich aus verworrenen Träumen hochgeschreckt, fühle mich benommen und habe nach dem Toilettengang mit Mutter eine Pause gebraucht und erst um acht Uhr mit der Körperpflege begonnen. Es drängt uns niemand, doch ist es wichtig, einen Rhythmus beizubehalten, für Mutter, für mich, sonst kommt ein Gefühl von Verwahrlosung auf. Meine Verzagtheit versuche ich vor Mutter zu verbergen, rede über ihren ehemaligen Nachbarn, dem ich am Vortag in der Altstadt begegnet bin, richte ihr Grüße von ihm aus, beginne ihren Bauch zu untersuchen, der prall ist. Der Darm arbeitet, ich kann ihn glucksen hören. Jeden Morgen lege ich das Stethoskop an die Bauchdecke, um die Verdauungsgeräusche zu prüfen, taste mit den Händen, ob die Flüssigkeit zwischen den Därmen zunimmt, alles mit routinierten Bewegungen. Professionelle ärztliche Handlungen, um Mutter und mir die Angst vor dem Ungewissen zu nehmen.

Mutter zu untersuchen hat mich früher mit Scheu erfüllt, doch als sie vor Jahren einmal schwach und angeschlagen mit Husten tagelang im Bett lag, der Hausarzt in den Ferien war und sie sich weigerte, einen fremden Doktor zu konsultieren, konnte ich durch das Abhören der Lunge die richtige Diagnose einer Pneumonie stellen, worauf Mutter nicht mehr so zurückhaltend war wie zu Beginn meiner Laufbahn. Sie trennte strikt zwischen Tochter und Ärztin, wobei sie der Berufsfrau viel zuzutrauen schien, was unser beider Umgang mit ihren später folgenden Erkrankungen erleichterte. Mutter konnte nicht verstehen, wie ich vom soliden Handwerk einer Allgemeinpraktikerin in das in ihren Augen unattraktive Fach der Psychiatrie wechseln konnte. »Willst Du Dein Leben nur mit Verrückten verbringen?«, war ihre erste Reaktion, nachdem ich ihr eröffnet hatte, dass ich eine Stelle als Assistenzärztin an einer psychiatrischen Klinik in der Schweiz annehmen würde.

Mutter ist nach meiner Untersuchung wieder eingeschlafen, ich bin müde, alle Glieder schmerzen, ich werde die Zeitung aus dem Briefkasten holen und mich nochmals aufs Bett legen, um Schlaf nachzuholen. Im Verlauf des Tages werde ich fiebrig. Die nächtlichen Schlafunterbrechungen vertrage ich zusehends schlechter, spüre ein Brennen in der Brust, das untrügliche Zeichen der Übermüdung. Der ganze Rumpf, der Kopf, die Gliedmaßen sind in Watte gepackt, alle Geräusche abgedämpft, die Ohren beschlagen, die Nasennebenhöhlen voll mit Schleim. Der Schmerz, die Trauer des langen Abschieds sind in diesem Zustand von mir abgerückt. Mutter hüstelt, ich gebe ihr einen Hustensirup mit einem kleinen Löffel und hoffe, sie nicht angesteckt zu haben, will nicht der Überbringer einer Krankheit sein, die ihr Sterben beschleunigt.

24

Mutter riecht nach Stuhl. Sie sitzt im Bett und sieht trotz ihrer abnehmenden Kräfte erstaunlich gut aus. Die Falten um die Augen und den Mund scheinen sich zu glätten, obwohl sie durch den Schwund des Unterhautfettes tiefer werden müssten. Ich bin erstaunt, wie träge alles vor sich geht, der Abbau des Gewebes, das Aussetzen der Organe, das ich schon länger erwarte. Sie hat die Zeitung aufgeschlagen, räuspert sich mehrmals, versucht, ihre Stimme zu finden, und beginnt ihren Traum von letzter Nacht zu erzählen. Sie hätte sich mit ihrer ehemaligen Nachbarin an einem Treffpunkt verabredet, hielt zwei kleine Buben auf ihren Armen und wartete auf den Reisebus, der sie abholen sollte für die Fahrt nach Griechenland, wohin sie mit anderen gemeinsam auswandern wollte. Zwei gepackte Koffer standen neben ihr, sie sei nicht sicher gewesen, wie sie das Einsteigen in den Bus bewerkstelligen sollte, doch war sie zuversichtlich, dass ihr jemand mit den Kindern helfen würde. Wie selbstverständlich spricht sie von den Buben, so als ob sie in ihrer Wahrnehmung real existieren würden. Mutter lächelt mich an. Der eine Knabe sei das Kind, das ich damals mit siebzehn verloren hatte, der andere sei ihr erstes Kind, das bei der Geburt gestorben war. Hellsichtig hat Mutter meine Wut und mein Hadern der letzten Tage wahrgenommen, und ich kann in diesem Moment nur ihre Selbstverständlichkeit akzeptieren, ihre Traumwelt, in der sie, ohne die Aussprache, die ich noch mit ihr suchen wollte, alles versöhnt. Ich setze mich neben sie, kann nichts sagen, wir schweigen beide.

Mutters Fürsorglichkeit, mit der sie mir ihre Zuneigung zeigt, kommt wieder zum Vorschein zwischen den Passagen der Ablehnung und des Rückzugs. Die kleinen Handlungen und beiläufigen Sätze lassen erkennen, wie sehr sie noch für mich sorgen möchte, wenn sie beim Märchenvorlesen meine Beine, die ich zu ihr aufs Bett gelegt habe, sorgsam zuzudecken versucht. Wenn sie aufwacht und etwas braucht, lächelt sie mich an und hat dann die Sorge, ob ich wohl Hausschuhe anhabe, damit ich keine kalten Füße bekomme, oder ob ich genügend essen würde, weil ihr nicht entgangen ist, dass ich mir selten etwas zubereite.

Es ist Abend, und das Notizbuch harrt seiner Anrufung. Es hat etwas Tröstliches an sich, wenn es geöffnet daliegt und die blaue Tintenschrift in sich aufnimmt, in ruhigen Zeilen, die gefüllt mit mäandrierender Schrift einen gleichförmigen Lauf simulieren. Es beruhigt mich, die Worte zu Papier zu bringen. Vor mir liegt ein langer Abend allein, Mutter ist bereits um halb acht eingeschlafen, nachdem sich endlich der Stuhlgang gelöst hat, auf den sie mehrere Tage gewartet hatte. Für gewöhnlich bleibt sie länger wach, um die Abendstunden, in denen es ihr körperlich besser geht, mit mir und meinem Bruder zu verbringen. Doch diese Momente werden seltener. Die abendliche Schmerzmitteldosis habe ich ihr früher als sonst verabreicht, denn ich mag ihr diese kantige Welt nicht zumuten, möchte auch nicht, dass sie in einen Entzug gleitet, der dann erst recht Schmerzen und Unruhe verursacht. Als sie mir eine gute Nacht wünschte, lehnte sie mit Tränen in den Augen in den Kissen. Die Tage mit mir seien traurig, aber auch schön. Dann fiel sie zufrieden in einen stillen Schlaf.

25

Mutter lässt sich von mir waschen und eincremen, die Intimzonen übernimmt sie selbst. Das ist gut so, so kann sie ihre Würde wahren und meinen Respekt behalten. Es ist der Bereich des Körpers, der Mutter gehört, aus dem ich vor fünfzig Jahren geboren wurde und den ich auch nicht antasten will, solange es nicht nötig ist. Der Verfall geht voran, an den Knien treten die Knochen stärker hervor, besonders wenn Mutter ihre Beine im Bett anwinkelt. Die Muskeln sind zurückgewichen und runden nicht mehr die Konturen unter der Haut ab. Die Unterschenkel glänzen weißlich, die bläuliche Verfärbung an den Füßen und Zehen, die in den letzten Jahren stärker wurde, ist verschwunden. Die Oberschenkel hängen wie schlappe Säcke an den Knochen, doch die Haut an deren Vorderseite ist im Liegen glatt und Mutter sagt, sie staune über ihre schlanken Beine, die sich doch sehen lassen könnten. In diesem Stolz auf ihre weiblichen Körperpartien, auf ihre Unterschenkel, auf die glatte Gesichtshaut, ist nichts Eitles, Eingebildetes zu finden, sondern eine Bewusstheit. Doch auf der anderen Seite war es auch Mutter, die mir im Umgang mit Körperlichkeit Zurückhaltung beigebracht hat, denn »Frau geizt mit ihren Reizen, betont sie nicht«. Mir schien es bereits als Mädchen als etwas Gefährliches, in kurzen Röcken mit hohen Absätzen und engen Pullovern herumzulaufen.

Beim Spaziergang zu meiner alten Volksschule im Redfeld überfällt mich plötzlich ein brennendes Gefühl in der Blase, und ich bin besorgt, dass ich mir eine der bei mir über Jahre üblichen Entzündungen eingefangen habe. Mein Bauch ist schmerzhaft aufgetrieben, auf der Toilette bemerke ich frisches Menstruationsblut, und das nach Jahren der Menopause. Zunächst denke ich an Krebs, doch das Blut hat mit Mutters Abschied zu tun, mit dem Abschied von meinem Kind und von mir selbst als Kind. Ich werde aufhören, Kind zu sein, weil ich und mein Bruder jetzt als Nächstes an der Reihe sind zu sterben. Die Abtreibung von damals, die mich in den letzten Tagen unerwartet quälend eingeholt hat, obwohl ich alles vergessen glaubte, die Nähe zu Mutter, ihr Sterben, meine Schwäche durch die Erkältung, mit einem Mal ist das alles körperlich sichtbar. Nach meiner eiligen Rückkehr in die Wohnung setze ich mich auf den Boden im Badezimmer. Das letzte Mal habe ich als Mädchen so hemmungslos geweint.

26

Mutter hat wieder den ganzen Vormittag verschlafen. Ich bin dazu übergegangen, ihr gleich nach dem Aufwachen eine Dosis Schmerzmittel zu verabreichen. Alle notwendigen Verrichtungen der Pflege sind für sie dann weniger strapaziös, was sie dankbar zur Kenntnis nimmt. Sie sieht zu mir herüber und fragt nach einer Weile kaum hörbar, ob ich gerade an meinem Manuskript arbeiten würde, was ich verneine. Wenn sie wolle, könne ich ihr aus dem Artikel vorlesen, an dem ich gerade arbeite. Es ginge darin um den Präsidenten der Deutschen Gesellschaft für Psychiatrie, der sich auf einer Gedenkveranstaltung im Vorjahr in Berlin für die Euthanasiemorde entschuldigt hatte. Mutter hört aufmerksam zu, wischt sich die Tränen aus den Augen, sagt, es sei gut, dass endlich darüber gesprochen und geschrieben würde. Sie hatte über den Tod ihrer Mutter kaum geredet, hatte ihn verdrängt, bis zu dem Zeitpunkt, als ich begann, über Großmutter zu recherchieren. Darüber habe ich später ein Buch geschrieben, und noch Monate nach dessen Erscheinen hatte Mutter das Gefühl, durch ihre Mithilfe während der Recherchen etwas Unrechtes getan zu haben. »Das hätte besser im Dunklen bleiben sollen.« Wieder und wieder musste ich ihr in unseren Telefonaten versichern, dass es keine Schande sei, wenn man sich öffentlich dazu bekannte, dass Großmutter als Psychiatriepatientin im Nationalsozialismus ermordet worden war. Doch machte ich mir auch Vorwürfe, sie nach so vielen Jahren des Verdrängens mit dem Verlust ihrer Mutter konfrontiert zu haben. Vor zwei Tagen hat sich Mutter für das Buch bedankt, Großmutter würde auf diese Art nicht vergessen werden.

Auf unseren langen Autofahrten auf Hessens Landstraßen zu den psychiatrischen Kliniken, in denen Großmutter untergebracht gewesen war, hatten Mutter und ich uns über Euthanasie unterhalten, denn ich wollte wissen, wie viel sie damals im Krieg über die sogenannte »Aktion T4« gewusst hatte. Schließlich sprachen wir über die heutzutage in der Schweiz praktizierte Sterbehilfe. Ich sagte, als Ärztin würde ich einen assistierten Selbstmord nicht befürworten. Mutter pflichtete mir damals bei und fragte mich, wie man sich am besten das Leben nehmen könne, wenn man krank ist und den letzten Schritt selbst bestimmen will. Sie wollte es sich vorbehalten, dann, wenn es an der Zeit sei, aus freien Stücken aus dem Leben zu scheiden. Doch sie hat es nicht getan, konnte es nicht, für eine solche Entscheidung war sie nach meiner Ankunft bereits viel zu schwach gewesen.

27

Am Morgen sind Mutters Gelenke steifer. Sie tut sich schwer beim Drehen, beim Aufrichten, versucht so gut es geht, von ihrer Mühe abzulenken. Es ist nötig, die Bettwäsche und das Nachthemd zu wechseln, die Zahnprothese zu säubern, auch wenn Mutter der Ansicht ist, mit etwas Mundspülen sei es getan. Sie will sich nicht bewegen, will mir keine Arbeit machen, doch ihre Haltung erschwert alles, weil ich darauf beharren muss, sonst nimmt der Geruch nach Stuhl und Urin immer stärker von ihr Besitz. Erst nachdem wir mit der Morgentoilette fertig sind und erst nach einem Putzanfall in der Wohnung, mit dem ich meine angestaute Wut über Mutters Sturheit in Zaum halte, kann ich ruhig mit ihr reden und ihr sagen, dass es für uns beide einfacher wäre, wenn sie mich bei ihrer Körperpflege so gut wie möglich unterstützen würde. Mutter ist zunächst verwundert, doch dann lächelt sie und erzählt fast triumphierend von der Mühe, die sie mit mir manchmal hatte, wenn ich als Kind bockig war, sobald es darum ging, die Haare zu waschen, was öfter mit einem Geheul meinerseits endete. Sie bringt mich damit zum Schmunzeln, und Szenen von früher tauchen auf, wie ich, um nicht an den Zöpfen nass zu werden, mit Mutters weißer gerippter Badehaube in der Wanne sitze. Bei der Morgentoilette lasse ich mir inzwischen Zeit. Mutter registriert jede Beschleunigung, doch es ist schwierig, die Balance zu finden in einer Verlangsamung, die mir Zurückhaltung abverlangt, weil ich ein gewisses Tempo brauche, um gegen das Sterben, die eigene Bedrücktheit und Schwäche anzukämpfen.

Die Zeit in Mutters Nähe vergeht gleichmäßig, und es gibt stets etwas zu tun, ab und zu unterbrochen von seltenen Besuchen, die meiste Zeit bin ich mit ihr allein. Frau Gabriel, die am Vormittag vorbeikommt, meldet sich für einige Wochen ab, sie müsse zu ihrer Nichte nach Wien, um dort auf deren Kinder aufzupassen. Es ist vielleicht der letzte Abschied der beiden Frauen, die sich in den zurückliegenden sechs Jahren miteinander angefreundet haben. Zuerst hatte Mutter sich vehement gegen jemanden gewehrt, der ihr die Arbeiten, die inzwischen zu schwer für sie waren, abnehmen konnte. Beim Staubsaugen und Bodenwischen hatte sie sich wiederholt einen Nerv eingeklemmt oder sich beim Bügeln den Fuß verbrüht, als ihr das Eisen aus der Hand gefallen war. Erst nach einer schweren Grippe, am ganzen Körper geschwächt, seelisch angegriffen, nicht mehr in der Lage, selbst im Haushalt zuzupacken, habe ich Mutters Zustimmung bekommen und Frau Gabriel engagiert. Von da an gab es zu meiner Verwunderung nur Lob für deren Arbeit und ein ungeduldiges Warten auf den Mittwochmorgen, an dem sie »gemeinsam« ans Werk gingen, um einzukaufen und die Wohnung auf

Hochglanz zu bringen. Mit einem Mal war ich entlastet, konnte gelegentlich telefonisch bei Frau Gabriel nachfragen, wie es Mutter gehe oder ob sie rasch nach ihr sehen könne, denn sie wohnten in derselben Gasse. Die beiden Frauen haben nach und nach einiges miteinander unternommen, Mutter wurde mit einem Abonnement für die Konzertsaison beschenkt, und es war ein Vergnügen, am Telefon zu hören, wie sehr sie das Spiel des Kammerensembles im Rittersaal der Burg genoss. Es waren Momente der Zufriedenheit, wenn sie, eingetaucht in Musik, in Gesellschaft von Frau Gabriel und deren Mann, kostbare Stunden verbringen konnte.

Der Abschied jetzt erscheint mir eigenartig, als ob sie beide es nicht wahrhaben wollten, dass sie sich nie mehr sehen werden. Nachdem Frau Gabriel gegangen ist, wird Mutter unruhig, verlangt einmal Wasser, dann wieder Tee oder Suppe, nimmt aber nichts zu sich, benetzt nur kurz die Lippen. Es ist, als würde sie mich und sich selbst von ihrer Traurigkeit ablenken wollen. Mutter war nie gut darin gewesen, ihre Gefühle in einer adäquaten Art, die für das Gegenüber lesbar war, zuzulassen. Stets lag mehr hinter ihrer vermeintlichen Gelassenheit.

Mit einem leisen Piepston schaltet sich Mutters Mobiltelefon aus. Ich werde es nicht mehr aufladen. Mutter wird mir morgens keine SMS mehr schreiben und sie wird mich nicht mehr anrufen. Die Art, wie sie sich ernsthaft mit Dingen beschäftigen konnte, die für mich von Belang waren, schuf über die Zeit mit den täglichen Telefongesprächen eine Nähe zwischen uns, trotz der räumlichen Distanz. Ihren Rat habe ich immer geschätzt, auch wenn ich selbst oft anderer Ansicht war. In den letzten beiden Jahren haben wir jedoch vermehrt über das Wetter geredet, über Mutters Tagesplan oder über kleine Beschwerden, über ihren Kampf mit dem Älterwerden und das tägliche Überleben in Würde. Dieses Ringen hat sie zunehmend auf sich selbst zurückgeworfen. Mutter wurde auf eine Art distanzierter, sagte öfter »das wird schon gut« und »Du wirst das schon alles richtig machen«, um das Gespräch im Guten zu beenden, kein Spielverderber zu sein. Diese Reaktionen waren auch ein Schutz, nicht zu allem eine Meinung haben und über alles informiert sein zu müssen.

Mutter will zur Abwechslung Joghurt, sagt, sie habe Appetit darauf. Sie will sterben, aber sie will auch essen und nimmt das darauffolgende Druckgefühl in ihrem Bauch, unter dem sie dann unweigerlich leidet, in Kauf. Mir ist eng ums Herz, ich kann nichts entgegnen, will nicht klingen, als solle sie ganz damit aufhören, um uns beiden den langen Weg zu ersparen. Es kann noch Wochen so weitergehen, und ich werde diese Zeit mit Mutter durchstehen, auch wenn es mir an manchen Tagen unerträglich scheint.

28

Mutter sagt nach dem Aufwachen leise »Herrgott, warum hast Du mich verlassen«. Ich setze mich zu ihr an den Bettrand, welche Worte könnten das Leiden lindern, das einen am Ende des Lebens erreicht, wenn es keinen anderen Ausweg gibt, nur den sicheren Tod.

In den letzten Tagen und Nächten ging das Heraussetzen auf den Leibstuhl noch gut, doch jetzt ist Mutter zu schwach, kann sich kaum im Bett aufsetzen, ihr ist schwindlig. Ihr Körper ist schwer wie ein Zementsack, der sich nicht richtig greifen lässt. Ihr Verzagen nehme ich körperlich wahr, kann es als Schmerz unterhalb meines Brustbeins fühlen, als Enge im Hals, als Brennen neben den Zungenrändern, meine feuchten Augen kann ich kaum vor ihr verbergen.

Sie möchte meine Stimme hören, das würde sie beruhigen, ich solle doch das Märchen von gestern Abend wiederholen, sie habe im Dämmerschlaf, in den sie verfallen sei, nicht alles mitbekommen. »Das Mädchen mit den Schwefelhölzern«, die Geschichte vom armen Bettlermädchen in einer winterkalten Stadt, das Streichhölzer verkaufen soll und bei jedem Holz, das sie unerlaubterweise entzündet, um sich ein wenig zu wärmen, in eine Traumwelt eintaucht. Zuletzt entflieht es an der Hand ihrer geliebten verstorbenen Großmutter, die immer gut zu ihr war, in den Himmel. Am nächsten Morgen wird sie von Passanten erfroren gefunden, auf ihrem bleichen Gesicht ein Lächeln. Es ist eines von Mutters Lieblingsmärchen, sie hat es gestern ausgesucht, und beim Lesen konnte ich kaum meine erstickte Stimme verstecken, weil ich ganz vergessen hatte, dass es darin um einen Tod geht, der Tröstliches in sich trägt und der das Wiedersehen mit einem geliebten Menschen verspricht. Ich werde das Märchen Mutter noch einmal vortragen, langsam, mit kindlicher Andacht, und werde meine Tränen zurückhalten.

Es wird die Zeit kommen, in der ich Mutters Pflege körperlich nicht mehr gewachsen bin, deshalb trainiere ich jeden Tag, um meinen Rücken zu kräftigen und auch um mich zur inneren Disziplin zu zwingen, selbst wenn ich nach den Tagen mit Fieber noch leicht benommen bin und mich zu jeder Übung überwinden muss. Mutter mag sich heute kaum berühren lassen, es scheint schmerzhaft für sie zu sein. Sie spinnt sich in einen Kokon ein, einem Gemisch aus geistiger Abwesenheit, oberflächlichem Schlaf, diskreter Abwehr. Es bleibt manchmal nichts anderes übrig, als zugegen zu sein, so unaufdringlich wie möglich, leise und sanft, damit ich ihre Kreise, die sich enger um sie ziehen, nicht störe. Dieses ruhige Schweben sei für sie der angenehmste Zustand, sie fühle dann keine Schmerzen, keine schweren Gedanken würden sie plagen, Erinnerungen an ihre

Kindheit tauchten auf in diesen Sphären zwischen Tag und Nacht, zwischen Schlafen und Wachen. Sie habe ihre Mutter in der Küche hantieren sehen, als sie mich dabei beobachtete, wie ich Tee kochte. Mit halbem Bewusstsein sei sie hier in der Wohnung bei mir gewesen, doch auch im Haus ihrer Kindheit, dort habe ihre Mutter am Herd gesungen.

Mein Bruder und ich essen gemeinsam zu Abend und trinken Wein. Mutter möchte vom Wein probieren, den sie lange im Mund behält. Nach einer halben Stunde muss sie sich übergeben, kann selbst das Wasser nicht bei sich halten, das sie in kleinen Schlucken hinunterwürgt. Ich hadere mit meinem Leichtsinn, ihr vom Wein gegeben zu haben, muss ihr schließlich, nachdem mein Bruder gegangen ist und der Brechreiz nicht aufhören will, eine Spritze verabreichen. Ich fühle mich elend, Mutter liegt matt in den Kissen, die Anstrengung ist ihr ins Gesicht geschrieben. Es dauert eine Weile, bis sie wieder ruhig wird, ich setze mich neben sie, rede mit ihr, um sie von ihren Beschwerden abzulenken. Sie sagt, es falle ihr schwer, ihre beiden Kinder allein zu lassen. Obwohl wir bereits erwachsen wären, wolle sie für uns da sein. Inzwischen ist es Nacht, Mutters Atem ist oberflächlicher geworden, das Wasser beginnt in die Lungen zu steigen, weil sie sich kaum mehr bewegt, meist auf dem Rücken liegt. Sie fragt mich, ob sie jetzt langsam ersticken müsse, und ich helfe ihr, im Bett aufzusitzen, klopfe ihren Brustkorb mit den Fingern ab, um den Schleim zu lösen, lasse sie kräftig atmen, was sie nicht lange durchhält, weil die Anstrengung bald zu groß wird. Der Mond ist am Abnehmen, und vielleicht kann Mutter gegen Neumond leichter Abschied nehmen. Draußen vor dem Fenster zünde ich seit zwei Tagen bei Einbruch der Dunkelheit eine Kerze an, stelle sie in eine Glasvase, die als Windschutz dient. Sie beleuchtet die Hinterglasmalerei mit dem Christusbild und flackert mit friedlichem Schein die ganze Nacht. Mutter sagt, das Licht sei beruhigend, sie fühle sich nicht so allein, denn sie liege manchmal wach, wolle mich nicht wecken. Nachdem sie eingeschlafen ist, sitze ich am Tisch und betrachte ihre mageren, feingliedrigen Hände, die sie an die Wangen gelegt hat. Mir ist, als würde sie auch in Zukunft aufwachen, um anwesend zu sein, immer noch meine Mutter, und ich wäre dann noch immer ihre Tochter.

29

Mutters Gesicht ist bleich und eingefallen. Ich betrachte ihre Nasenflügel, die sich unmerklich heben und senken, ihre geschlossenen Lider, unter denen sich die Augäpfel langsam hin und her zu bewegen scheinen. Mutter träumt, vielleicht wandert sie durch die Landschaften ihrer Kindheit, einen stillen Fluss entlang.

Meine Spazierwege sind kürzer geworden, meist sind es Varianten durch den Buchenwald zum Schlossberg hinauf oder hinten an der Hauptschule vorbei zum Ufer der Mürz. Hier finde ich, von früher vertraut, viele herbstliche Cyclamen, dunkelgrünes niedriges Moos, Farne, zarte kleine Gräser und die riesigen Blätter, »die Blotschen«, die wir beim Pilzesuchen als Hüte verwendeten, um uns gegen den Regen zu schützen. In den Tagen um Allerheiligen war ich mehrmals auf dem Friedhof, jetzt mag ich nicht mehr dorthin. Es ist unerträglich, vor dem mit Efeu bewachsenen Stahlkreuz zu stehen und daran zu denken, dass Mutter bald dort liegen wird. Als Kind bin ich mit ihr stets durch Wälder und Felder gestreift, wir haben Kräuter gesammelt, Tannenzapfen oder Blumen, es fand sich immer etwas, das wir in unsere Rucksäcke oder Taschen stecken konnten. Zu Hause haben wir unsere Beute jeweils auf dem Tisch ausgelegt. Die Heidelbeeren, die auf einer frischen Omelette gut schmeckten, oder die trockenen Disteln und Gräser, die wir zu einem Strauß banden, der uns auf der Ablage unterhalb des Wandtelefons in den Winter begleitete. Ich bin Mutter dankbar für die Schule des Sehens auf diesen Wanderungen, die meine Wahrnehmung der Landschaft heute noch prägt, dankbar für all die Geschmäcker, die mich seit damals begleiten, sei es der des frischen Löwenzahnsalats im Frühling oder der gebratenen Schirmpilze im Herbst. In Zeiten, in denen ich aus der Welt zu fallen drohe, helfen sie mir, mich wieder in ihr zu Hause zu fühlen, wenn ich nach einem Streifzug durch die Wiesen ein paar Wildpflanzen in der Küche zubereite.

Zu Mittag koche ich Marillenknödel. Ich habe meinen Bruder eingeladen und die letzte Packung aus dem Gefrierfach geholt. Mutter hat die Knödel noch letzten Juni mit ihm gemeinsam zubereitet, er wollte das Rezept unter ihrer Anleitung ausprobieren, damit sie genauso schmeckten wie früher. Der Tisch ist sorgfältig gedeckt, Mutter sieht uns vom Bett aus zu. Wir loben ihre Kochkünste, erinnern uns an allerlei Gerichte, die sie in unserer Kindheit zubereitet hat. Zur Vorspeise gibt es Gemüsesuppe nach Mutters Anleitung. Während des Essens fällt sie bald in einen Schlaf, dem sie sich nun öfter und ohne Widerstand anvertrauen kann. Sie bemerkt nicht mehr, wie mein Bruder ihr sanft über die Hand streicht, bevor er geht.

Am Nachmittag sieht Mutter trotz aller Schwäche gut aus, doch der Verfall ist nicht zu übersehen, die Augen ziehen sich zurück, versinken in den Höhlen. Wenn die tiefe Sonne ihre Strahlen auf das Bett legt, das ich hinaufgekurbelt habe, um ihr den Blick nach draußen zu ermöglichen, sagt sie, sie genieße das wärmende Licht auf ihrem Körper, lächelt mir zu. Vor dem Fenster hat der goldene Herbst seine Blätter auf den Boden geworfen, ich habe einige gesammelt, gezackte Ahornblätter, wie ich sie als Kind nach Hause gebracht hatte, um sie zu trocknen. Das war zu Beginn der Schule, als sich für mich eine neue Welt eröffnete und ich mich aufmachte, das Leben unabhängig von Mutter zu erkunden. Am ersten Schultag sollte ich meine Freundin kennenlernen, die mich jetzt wieder begleitet. Sie wohnte damals beim Werkskanal, wo eine Schlackenseilbahn mit in der Luft schlenkernden grauen Stahlkübeln die Straße querte. Wenn ich sie besuchte, begab ich mich ans andere Ende der Welt, die mich damals einbettete. Diese Welt bestand aus dem Hinterhof unseres Mietshauses mit den Holzhütten an dessen Nordseite, Mutters Gemüsegarten am Weg zur Tischlerwerkstatt, wo sie jedes Jahr im Frühling ihr Gemüse anpflanzte, und endete an der Werkshalle mit dem Stahlhammer, dessen Schlag die Gläser in der Vitrine zum Klirren brachte. Das Beben des Fußbodens in unserer Wohnung wurde zum alltäglichen und nächtlichen Grundrhythmus, den ich bis heute in mir trage.

Abends löst mich mein Bruder ab, ich gehe in eines

der Konzerte aus dem Abonnement, das Mutter nicht mehr wahrnehmen kann. Sie sagt, ich solle ihr doch die Freude machen und an ihrer statt dort hingehen und ihre Bekannten grüßen. Es fällt mir leichter zu gehen, wenn Mutter darauf beharrt. Ich kleide mich dem Anlass entsprechend, nehme aus ihrem Schrank eine weiße Seidenbluse, die ich ihr vor Jahren geschenkt habe, und präsentiere Mutter, die mich mit einem Augenzwinkern betrachtet, meine Garderobe. Sie meint, ich könne wohl alles tragen und es würde gut aussehen, »selbst einen Kartoffelsack mit Gürtel«. Bei dieser Bemerkung muss ich schmunzeln, ich kenne den Spruch von früher und bin erstaunt, wie wach sie ist, ein wenig aufgekratzt sogar, als ob wir gemeinsam zum Konzertbesuch aufbrechen würden.

In einer mittleren Reihe links habe ich eine gute Sicht auf die Bühne, studiere die Gesichter der Musiker und entdecke drei ehemalige Mitschülerinnen aus dem Gymnasium, die bereits zur Schulzeit bei manchen Konzerten hier ihren Einsatz hatten. Als die Musik anhebt, schließe ich die Augen, bin eingetaucht in den Klang der Instrumente, der mich warm umfängt. Die Zeit dreht sich zurück, ich bin sechzehn und aufgeregt, abends mit einer Freundin im großen Saal des Werkshotels im Konzert zu sitzen, wir haben noch über einen Mitschüler getuschelt, der in der Reihe vor uns aufmerksam den Klängen lauscht und das erste Mal ein Sakko zur Jeans trägt. Seine lockigen braunen Haare fallen ihm auf die Schultern, er ist zwei Jahre älter als ich und wird mich in der Pause fragen, ob ich etwas trinken möchte. Zwei Wochen später wird mich Mutter schelten, weil ich mit ihm nach der Schule einen Spaziergang gemacht habe, sie wird einen Tag lang kein Wort mehr mit mir sprechen. Von meinem ersten Kuss erzähle ich ihr nichts.

Nach dem Konzert gehe ich nach vorn zur Orchesterbühne, dränge mich zwischen den Menschen hindurch, die langsam den Ausgängen zustreben, warte geduldig, bis ich endlich nahe genug bin, um eine meiner ehemaligen Mitschülerinnen rufen zu können. Sie sieht mich an und ist erstaunt, mich hier zu sehen, zieht ihre Nachbarin am Ärmel und deutet auf mich, beide kommen mir lachend entgegen. Wir verabreden uns an der Bar. Sie erzählen mir von ihren Kindern, ihrer Arbeit, und wir beteuern uns gegenseitig, wie wenig wir uns verändert hätten. Zunächst bin ich ganz bei ihnen, freue mich, erzähle, warum ich hier bin, schleichend aber fühle ich mich fremd in ihrer Gegenwart, möchte hier nicht länger sein, sondern bei Mutter, es drängt mich, den Heimweg anzutreten, ich muss zurück. Mutter könnte tot sein. Wir tauschen die Telefonnummern aus, und ich gehe eilig die große Empfangstreppe des Konzertsaals hinunter, schnappe mir an der Garderobe meinen Mantel, beginne zu laufen. Mutters Wohnung liegt fünf Minuten entfernt, es regnet, ich nehme mir nicht die Zeit, den Schirm aufzuspannen, und komme atemlos an. Vor der Wohnzimmertür halte ich inne, horche kurz. Leise trete ich ein, sehe meinen Bruder am Tisch sitzen, er korrigiert seine Schulhefte, dahinter liegt Mutter ruhig im Bett. Eine friedliche Stimmung erfüllt den Raum. Ich setze mich im Mantel zu ihm an den Tisch und versuche, meinen Atem zu kontrollieren.

30

Mutter redet am Morgen wirr. Sie ist unruhig, erkundigt sich nach ihrem verstorbenen Sohn. Wenn sie mir früher von ihm erzählte, erschien es mir oft, als ob er noch gar nicht lange tot sei. Er habe ihr im Haushalt geholfen und während seiner Tischlerlehre nützliche Kleinmöbel angefertigt, wie den Schemel, auf den sie gerne ihre Füße stellt. Er sei ein sanfter und liebenswürdiger Mensch gewesen.

Erst gestern, während des Konzerts, habe ich an meinen älteren Bruder gedacht, einer der Cellisten sah ihm ähnlich, mit dunklen gescheitelten Haaren, die beim Spiel locker in die Stirn hingen. Es war, als säße dort der junge Bursche mit dem nachdenklichen Blick, der mir von Bildern aus dem Familienalbum vertraut war. Als er starb, war ich vier Jahre alt, und ich kann mich an seine Stimme und an Ausflüge mit dem Fahrrad erinnern, auf die er mich im Kindersitz mitgenommen hatte. Bereits als Schulkind hatte ich oft Fotografien von ihm betrachtet, um herauszufinden, wer das war, an dessen Grab Mutter so lange verharrte und nicht mit mir sprach. Ich war dann ebenso in andächtiges Schweigen verfallen, weil ich sie nicht kränken wollte. Sein Tod war für mich als Kind abstrakt, ich dachte immer, er würde eines Tages wieder vor mir stehen und mich auf eine Runde auf seinem Drahtesel einladen.

Mutter nestelt an der Bettdecke, ruft leise nach ihm. Als ich ihr sage, er sei schon lange tot, sieht sie mich unter halb geöffneten Lidern verständnislos an. In der Hoffnung, es würde ihr helfen, gebe ich ihr zögernd eine Beruhigungstablette, was sie nach einigen Minuten entspannt. Die Decke ist ihr verrutscht, ich ziehe sie zurecht, lege meine Hand auf ihr Knie und betrachte ihr Gesicht. Ihren Mund umspielt ein zartes Lächeln. Die schnelle Wirkung der Tablette verblüfft mich, und gleichzeitig frage ich mich, ob es richtig ist, Mutter mit einem Medikament davon abzuhalten, ihren Sohn zu suchen. Vielleicht hätte sie ihn ja gefunden, wie er sie im Jenseits erwartet, ihr seine Hand reicht.

Draußen vor dem Fenster taumeln die letzten rostbraunen Laubblätter langsam zu Boden, niemand ist in der Gasse zu sehen, ich fühle in meiner Handfläche die Wärme von Mutters Körper. Ihre Stimme ist heute hauchdünn und höher als gewohnt, sie hat keine Kraft mehr, sich zu räuspern. Ich sehe zur Anrichte, der Kalender zeigt inzwischen Chagall »Die Blumen und der rote Zirkus«, ein Paar auf einem Pferd, ein musizierender Engel, Schaugestalten in einer Manege, unscharfe Blumentupfer. Chagalls Malerei ist mir fremd. Während ich Zuflucht suche im Anblick des musizierenden Engels, wünsche ich mir, er würde für Mutter spielen.

Nach einem langen Schlaf ist Mutter abends wieder ansprechbar, hat jedoch keine Kraft mehr, um sich von mir auf den Leibstuhl helfen zu lassen. Kein Aufrichten, kein Drehen, nichts ist ihr möglich. Ich telefoniere mit meinem Bruder, bitte ihn darum, rasch vorbeizukommen, ich bräuchte dringend seine Hilfe. Eine Bettschüssel habe ich noch nicht besorgt, denn mit einem so raschen Schwinden der Kräfte hatte ich nicht gerechnet und den Kauf auf die nächsten Tage verschoben. Diesmal wollte ich nicht so voreilig handeln wie beim Erwerb des Leibstuhls, der dann eine Zeitlang als Drohung in der Wohnung herumstand. Selbst Windeln habe ich keine zur Verfügung, um Mutters missliche Lage zu entschärfen. Nach dem ersten gescheiterten Versuch, sich abzustützen, weint Mutter verzweifelt, wütend. Mein Bruder kommt, er fragt nicht viel, packt an, und wir können Mutter aus dem Bett heben. Sie lässt es über sich ergehen, sagt nichts, und ich merke ihr an, welche Niederlage es für sie bedeutet, vor ihrem Sohn nackt und hinfällig zu sein. Mutter ist dem Tod einen weiteren Schritt näher gekommen.

Als wir wieder alleine sind, wasche ich Mutter das Gesicht mit einem feuchten warmen Lappen, sie hat kühle Hände, spürt sie nicht mehr richtig, sagt leise, sie habe ein taubes Gefühl. Den Strohhalm, den ich ihr an den Mund führe, kann sie mit ihren Fingern nicht mehr fassen, ist nicht im Stande, daran zu saugen. Mit dem Becher an ihren Lippen leere ich ihr langsam einen kleinen Schluck Wasser in den Mund. Sie lehnt sich zurück, und ich streiche ihr sanft über die weißen Strähnen und versuche ein Bild zu beschreiben, in das sie wie in einen Tagtraum eintauchen kann, erzähle von den sanften Wellen in einer Bucht, in die sie hinausschwimmt, von der türkisen Farbe des glasklaren Meeres, das kühl die Haut umfängt, frisch und angenehm, wenn sie mit leichten Bewegungen dahinpaddelt und zurückblickt ans Ufer, wo sonnenbeschienene weiße Häuser den Hafen säumen. Mutters Augenlider glätten sich, der Atem wird ruhiger, flacher, sie flüstert mir zu, wie schön es sei, sich im offenen Wasser zu bewegen, was mich dazu ermuntert weiterzureden, mich weiter einzulassen auf unser Traumbild. Auf einer Griechenlandreise gemeinsam mit meinen Eltern, ich war zehn Jahre alt, an einem Strand in der Nähe des Kanals von Korinth, Vater saß weiter hinten im Schatten einer Pinie, ist Mutter damals ins Meer hinausgeschwommen, während ich, die ich noch nicht schwimmen konnte, am Ufer bis zu den Knien im Wasser stehen blieb.

31

Mutter kann sich an die Episode von gestern nicht erinnern. Sie will sich im Handspiegel betrachten, hat darum gebeten, dass ich ihr den »Altweiberbart« entferne und bei der Gelegenheit auch einige der großen schwarzen Mitesser. Sie meint, es sei doch wichtig, bei der Aufbahrung gut auszusehen. Es ist befreiend, wenn sie ganz überraschend solche Wünsche hat und ihr Humor aufblitzt. Mutters frühere Belehrungen, die mir oft lästig waren, zielten darauf ab, wie sie sagte, »meine Chancen in der Gesellschaft zu erhöhen«, in der nach ihren althergebrachten Vorstellungen dezent zur Schau getragene Weiblichkeit ein Mittel des Aufstiegs war, denn »wer nix erheirat und nix ererbt, der bleibt en armer Deibel, bis er sterbt«. Es war ihr ein Graus, mir dabei zuzusehen, wie ich mit vierzehn die Haare kurz schneiden ließ und nur noch Hosen trug, ausgewaschene weite Pullover und alles andere, womit ich meine weiblichen Attribute verdecken konnte. Ich kam von meinen Streifzügen durch die Wälder mit aufgekratzten Beinen nach Hause, schnitt mir die Fingernägel kurz, sehr zu ihrem Missfallen. Mutter fasste das als Provokation auf.

Am Nachmittag hat Mutter Bauchschmerzen, und

nach Rücksprache mit meinen befreundeten Ärzten und dem Hausarzt habe ich die Dosis des Schmerzpflasters erhöht und ein Mittel zum Lösen der Darmkrämpfe verabreicht. Mit einer leichten Massage versuche ich Abhilfe für die quälenden Blähungen zu schaffen, wobei mich Mutter nur widerwillig gewähren lässt und fragt, ob ich keine wirkungsvollere Therapie zur Verfügung hätte. Den Unterton ertrage ich schwer und muss mich zusammennehmen, um nicht unfreundlich zu reagieren. Wir verstricken uns ohne Worte in einen Zweikampf, sie vermittelt mir das Gefühl, mit meiner Pflege ihren Bedürfnissen nicht gerecht zu werden. Als ich ihr einen nassen Waschlappen zur Erfrischung auf die Stirn legen will, frage ich sie, ob es ihr angenehm sei, und sie weist mich mit leiser, aber scharfer Stimme darauf hin, dass sie es nicht wissen könne, weil der Lappen kaum ihr Gesicht berührt habe. Mutter hat recht, ich habe zu früh gefragt. Trotzdem fühle ich mich wie damals in der Volksschulzeit, als ich ihr stolz eine Bastelei präsentierte und Mutter diese nur wortlos und mit einem abwertenden Blick würdigte. Oft wusste ich nicht, was ich anders hätte machen können, weil Mutter dazu nichts sagte, und so blieb ich dann mit meinem flauen Gefühl in der Magengrube allein.

Um unsere Spannungen zu mildern, in die wir in unserer Isolation unweigerlich zu geraten scheinen, habe ich für die nächsten Tage mehr Ablösung organisiert, sage Mutter, dass ab heute jeden Nachmittag eine der ehemaligen Nachbarinnen vorbeikommen wird, worauf sie nur stumm nickt und die Augen schließt. Ich telefoniere mit einer privaten Pflegehelferin, lade sie zu einem Gespräch ein, erkläre ihr die Situation, schildere die vehemente Abwehr meiner Mutter gegenüber fremden Personen. Sie lässt sich nicht davon beeindrucken, sagt, sie könne in den nächsten Tagen vorbeikommen, um sich vorzustellen und auch um zu sehen, ob sie mit Mutter arbeiten wolle. Ihre Aussage überrascht mich, Mutter kommt für ihre Betreuung eventuell nicht in Frage. Ihre Stimme und direkte Art empfinde ich auf Anhieb als wohltuend. Es löst sich ein Druck in mir, denn es geht mit einem Mal nicht mehr darum, ob Mutter jemanden akzeptiert, sondern sie selbst muss erst eine Prüfung bestehen, damit sich jemand ihrer annimmt. Dann telefoniere ich mit der Frau meines Neffen, die mir bereits angeboten hat, mich zu unterstützen, worauf ich jedoch bis jetzt verzichtet habe, weil sie mit ihrer Arbeit und der kleinen Tochter sehr eingespannt ist. Sie verspricht, abends vorbeizukommen, um mir bei der Körperpflege von Mutter zu helfen. Ich bin dankbar und erleichtert.

32

Mutter liegt mit offenem Mund da. Sie atmet schwer und muss den Kelch des Lebens bis zum letzten Tropfen austrinken. Sie kann sich nicht mehr aus eigener Kraft aus dieser Lage befreien. Ich werde sie auf die Seite betten, möchte ein Wundliegen verhindern, denn die Haut wird dünner und brüchiger. Mutter lebt in den letzten beiden Wochen nur noch von wenigen Schlucken Wasser. Sie ist zu schwach, um mitzuhelfen, wenn ich die Bettschüssel unter ihr Gesäß schiebe. Sie willigt schließlich verzagt ein, die Windeln zu verwenden, die ich inzwischen im Badezimmer bereithalte, um uns ein Debakel wie mit dem Wechsel vom Leibstuhl auf die Bettschüssel zu ersparen. Sie wollte so lange wie möglich nicht von mir in Windeln gewickelt werden. Ich sehe, wie sie um jede Freiheit kämpft, die ich ihr dann doch nehmen muss. Ihre Stimme ist kaum mehr zu hören, doch nach einem kräftigen Räuspern ist sie wieder da, wenn auch leiser als früher, die alte, vertraute Stimme, der unverkennbare Tonfall, den ich bald nicht mehr hören werde, weil sie immer weniger Kraft haben wird, den Schleim, der ihr im Hals steckt, abzuhusten.

Ein Traum in der Nacht hat mich eigenartig berührt

zurückgelassen, ein sehnsuchtsvoller Abschied von Mutter, auf einer gemeinsamen Reise, ständig im Wissen, dass es die letzte sein wird. Ich konnte sie gehen lassen, und als wir uns zum Abschied vor dem Bahnhofsportal trennten, stand ich lange mit zum Winken erhobenem Arm da, bis Mutters Silhouette in der Menge der Passanten verschwand. Genug des Leidens, genug des Abschieds, genug von dieser körperlichen Hülle, in die wir eingesperrt sind. Wenn einer von uns sich bewegt, muss der andere unweigerlich reagieren, nichts bleibt verborgen, selbst wenn wir schweigen. Mir wird eng in der Brust beim Anblick der zahlreichen Handtücher, die im Badezimmer zum Trocknen aufgehängt sind, ich kann die Cremetuben, Mundstäbchen, Öle, Waschlappen und die Brechschüssel nicht mehr ertragen. Die Grenze ist erreicht.

Das Hinterglasbild mit dem Jesus fällt bei einem Luftzug vom Fenster und springt in Stücke. Der Trost, den es Mutter bringt, wenn es von der Sonne oder von einer Kerze erleuchtet wird, ist durch nichts zu ersetzen. Mutters leiser trockener Kommentar »Siehst Du, der mag auch nicht mehr«, wobei sich ihr Mund zu einem angedeuteten Lächeln verzieht. Diese kurzen verbindenden Momente wird es bald nicht mehr geben. Die Sprache geht schrittweise verloren, vergessen, ich spreche oft den ganzen Tag mit niemandem, und wenn, dann leise als Begleitmusik zu Mutters Schlaf, in einem Monolog, dessen beruhigender Singsang aus einem anderen Raum zu kommen scheint. Ich werde das Bild zum Glaser bringen, es soll Mutter auch in ihren letzten Tagen begleiten.

Am Abend versuche ich, früher schlafen zu gehen, mache kaum noch Notizen, da mich das Schreiben zu lange wachhält. Zeitungen interessieren mich kaum noch, ich höre keine Nachrichten, lese keine Bücher mehr. Mein Kopf ist blockiert für jegliche Gedanken, die mit dem Hier und Jetzt nicht unmittelbar zu tun haben. Ich kann mich nur auf Praktisches, Alltägliches konzentrieren, das ich normalerweise in meinem Leben nebenbei erledige. Jetzt fordert es meine gesamte Aufmerksamkeit. Wenn ich all diese Symptome betrachte, wie bei einem Patienten, dann muss ich feststellen, dass ich in einem Erschöpfungszustand angekommen bin. Selbst die kleinen Erholungsphasen reichen nicht aus, weil mein Schlaf schlecht ist, essen kann ich nur wenig, ich habe an Gewicht verloren, merke es an den Hosen, die mir inzwischen zu weit geworden sind. Vielleicht geht mit Mutters Tod ein Teil meiner Energie von dieser Welt, unwiederbringlich.

33

Als Mutter aufwacht, erzählt sie leise, sie habe in der Nacht einen Druck auf der Brust verspürt. Eine dunkle Enge habe sie im Traum umklammert, die sich nach einer Zeit in ein gleißendes Licht auflöste. Auf die Frage, ob sie Angst habe, sagt sie, in der Helligkeit habe sie sich leicht und frei gefühlt wie noch nie. Nach einer Weile schläft sie wieder ein. Auf der Anrichte liegt ein Zettel mit den Uhrzeiten der Injektionen und Tablettengaben, damit ich in der Gleichförmigkeit der vergehenden Zeit die Übersicht nicht verliere und unbewusst zu große Zeitlücken zwischen den einzelnen Verabreichungen entstehen, denn ich habe Hemmungen, Mutter eine Spritze zu geben, während sie schläft. Es wird notwendig sein, mehr Schmerzmittel zu verabreichen, der Tumor scheint sich hungrig durch Mutters Eingeweide zu fressen. Wo beginnt die aktive Sterbehilfe und wo ist sie passiv, beeinflusst doch die kleinste Handlung den Sterbeprozess, jedes Geben oder Weglassen einer Schmerzspritze, einer Infusion oder einer Beruhigungstablette. Mit meinem Bruder kann ich diese Fragen nicht besprechen, er meint lediglich, ich müsse als Arzt tun, was ich für richtig befinde, und sonst solle ich den Hausarzt hinzuziehen. Die Telefonate mit meinen befreundeten Ärzten sind hilfreich, aber sie sind angewiesen auf meine Beobachtungen, denen ich manchmal nicht mehr recht traue. Die Situation erinnert mich an meine erste Stelle im Turnus, damals fühlte ich mich von den erfahrenen Kollegen alleingelassen mit den Entscheidungen über Leben und Tod, denn sie waren oft nicht erreichbar, wenn ich in der Notaufnahme einer vor Schmerzen schreienden jungen Frau zu helfen versuchte oder dem sich stumm krümmenden Alten.

Am Vormittag kommt eine befreundete Nachbarin, um mich abzulösen. Mutter wacht verschreckt auf und sieht mich starr an, hält sich verkrampft an der Bettdecke fest. Als ich ihr sage, dass ihre Freundin die nächsten zwei Stunden hier bei ihr bleiben würde, wirft Mutter ihren Kopf auf dem Kissen hin und her, bis ich die Frau, die noch nicht einmal das Zimmer betreten hat, verzagt am Arm nehme und ihr im Vorraum sage, es hätte wohl keinen Sinn, wenn sie bleiben würde. Wir sind beide überrascht von Mutters Reaktion, und später entschuldige ich mich telefonisch nochmals bei ihr. Sie ist verständnisvoll und sagt, sie habe Ähnliches mit ihrer eigenen Mutter kurz vor deren Tod erlebt, ich solle einen lieben Gruß ausrichten, es sei alles in Ordnung.

Nachdem Mutter wieder eingeschlafen ist, verkrieche ich mich im Keller, wo ich damit beginne, die Schränke zu sichten und leere Marmeladegläser in einen Papiersack zu räumen. Ich habe mit dem Entrümpeln begonnen, vor Mutters Tod. Sie selbst hat mich vor Tagen darum gebeten, ihre Kleider und Handtücher der Caritas zu bringen, doch ich habe ihr gesagt, dass im Moment alles so bleiben würde, wie es ist. Mutter hatte in den letzten Jahren angefangen, ihre Habe zu reduzieren, sie wollte meinem Bruder und mir nicht die Last aufbürden, hinter ihr aufräumen zu müssen, wie es damals nach Vaters Tod notwendig war, als wir uns durch Schränke voller Drähte, Schalter und Werkzeug wühlten, erstaunt über seine Sammelwut, mit der er alles angehäuft hatte. Man könne nie wissen, sagte er, ob es nicht für das eine oder andere Verwendung gäbe, wenn die Zeiten schlechter würden und es nichts mehr zu kaufen gäbe. Mutter hingegen erzählte uns bei jeder Gelegenheit, wovon sie sich unlängst wieder getrennt habe, seien es alte Kleidungsstücke oder die geflickten Leintücher ihrer Aussteuer. Die Auflistung der Gegenstände, die sie »entsorgt« hatte, scheint mir im Nachhinein ein Teil eines vorweggenommenen Abschiedes gewesen zu sein.

Als ich aus dem Keller in die Wohnung zurückkomme, bittet Mutter mich um ein Stofftaschentuch, das sie dann in ihrer Hand umklammert hält. So weit ich mich zurückerinnern kann, befand sich bei uns im Kleiderschrank ein Stapel gebügelter Taschentücher von Vater, den sie, nachdem sein Haushalt aufgelöst worden war, übernommen hatte. Eines davon trug sie stets in ihrer Handtasche.

Mutter ist dabei, in den Schlaf zu gleiten, und ich werde sie bewachen. Ihr Anblick rührt mich, die Unerbittlichkeit von vorhin ist verflogen. Dieses »Aus-der-Welt-

Gleiten« ist manchmal kein Gleiten, sondern ein Zerren, ein Winseln und Toben, ein innerliches Kreischen und Schlagen, das dann doch wieder in ein Schweben umzuschlagen scheint, in ein Fliegen und Träumen, eingebettet in Stille. Mutter hat mich in diese Welt gebracht, und nun geht sie und lässt mich hier zurück. Ich werde die Freude in ihren Augen vermissen, ein Strahlen, einfach weil es mich gibt. Ich sitze still neben ihr und sehe aus dem Fenster. Das Novemberlicht ist nun gegen Ende des Monats kurzatmig geworden, es hat an Blässe zugenommen, und die Blätter sind fast alle von den Bäumen gefallen. Der Nebel belagert jeden Morgen bis zur Mittagszeit das Tal und nachmittags kommt zaghaft ein bleichblauer Himmel hervor, für den ich dankbar bin. Wir wandern langsam auf das Licht am Ende des Weges zu. Bei Einbruch der Dunkelheit zünde ich eine Kerze an, die ich in Mutters Sichtweite platziere. Die Vorweihnachtszeit beginnt.

34

Mutter liegt still in ihren Kissen. Sie blickt hinüber zur brennenden Kerze, und ich kann nur ahnen, welchen Bildern sie nachhängt. Früher hatte das Hinleben auf den 24. Dezember etwas Anheimelndes, Ruhiges und Friedvolles, wenn Mutter und ich den Adventskranz aus Reisig fertigten, mit Zapfen, Disteln und Hagebuttenzweigen schmückten, die wir aus den umliegenden Wäldern mitgebracht hatten. Sogar zwischen meinen Eltern schien es eine Art Burgfrieden zu geben in dieser Zeit der Erwartung des Weihnachtsabends. Doch das Fest war dann meist voller Spannungen, nichts von Frieden, Erfüllung und Familie, das Gegenteil war der Fall, wenn Vater wieder einen über den Durst getrunken hatte und zu spät zum Abendessen auftauchte. Mutter versuchte, die Stimmung aufrechtzuerhalten, zündete feierlich die Kerzen am Baum an und sang mit uns Kindern »Leise rieselt der Schnee«. Ihre Angst, die mit jeder halben Stunde größer wurde, in der Vater nicht nach Hause kam, übertrug sich auf uns. Das waren Dinge, über die man damals außerhalb der eigenen vier Wände nicht sprach, auch mit den Schulfreundinnen nicht. Mutter sagte ohnehin nie zu jemandem ein Wort, es sei denn zu mir.

Ich habe den Baumschmuck in Mutters Keller gesucht, die Krippe mit den Figuren aus Ton, meinen Lieblingsengel, der mit gestreckten Armen ein hellblaues Spruchband mit der Aufschrift »Gloria in excelsis Deo« über seinem Haupt hochhält. Die Hoffnung, auf die alten Christbaumkugeln zu stoßen, die früher unsere Weihnachtsbäume zierten, war bald verflogen, nachdem ich alle Schachteln und Dosen aus Mutters alter Küchenkredenz durchgesehen hatte. Lediglich die Alraune habe ich entdeckt, die Mutter und ich vor vielen Jahren an den Ufern der Mürz gefunden hatten und die, bedeckt mit Rindenstücken und Moos, ab da als Unterschlupf für Josef, Maria, das Christuskind und den Esel dienen sollte.

Weihnachten war, auch nachdem ich von zu Hause ausgezogen war, eine Zeit, die mich schwermütig stimmte und die gleichzeitig die Verpflichtung mit sich brachte, Mutter, nachdem sie von Vater getrennt war, in meine Kreise miteinzubeziehen. Sie war am Heiligen Abend in meiner Studenten-WG dabei, wir verbrachten das Fest in einer nahen Diskothek, wohin sie uns dann neugierig begleitete, um zu sehen, womit sich die jungen Leute die Zeit vertrieben. Doch irgendwann sträubte ich mich gegen den stummen Aufruf von Mutter, nicht alleine sein zu wollen. Es war zu Beginn der Neunzigerjahre, ich war Ende zwanzig und das erste Mal in Paris, nachdem ich mein Studium beendet und die erste Stelle als Turnusärztin begonnen hatte, stolz darauf, endlich mein eigenes Geld zu verdienen. Mutter hatte insgeheim darauf gewartet, dass ich sie an den Festtagen besuchen würde, doch ich verlebte die Zeit in den Cafés und Museen der Stadt, zutiefst versunken in eine Liebe und die Niederschrift meines ersten Buches. Die kleine Pariser Wohnung, die uns zur Verfügung stand, war im obersten Stock eines alten Bürgerhauses gelegen, in meiner Erinnerung sehe ich den schwarzweiß gekachelten Boden der schmalen Küche, die hohen, schlecht schließenden Fenster, die Attrappe eines offenen Kamins mit einem Gasofen und den an den Rändern facettierten Spiegel darüber, in dem ich noch unser Spiegelbild erahnen kann, den kleinen Balkon vor dem Fenster mit der Sicht in die Rue Delambre. Im Flur stehen beige Wildlederschuhe mit Absatz, in denen ich mir damals, auf den rastlosen Streifzügen durch die unbekannte Stadt, Blasen gelaufen hatte. Es fiel mir nicht im Traum ein, bequemes Schuhwerk zu tragen, weil ich jung und schön sein wollte, und wir waren jung und schön, wie Hemingway und seine Frau im Buch »Paris, ein Fest fürs Leben«, das ich damals las. Am Heiligen Abend, ich hatte geplant einen weiteren Monat zu bleiben, musste Mutter ins Krankenhaus. Das schlechte Gewissen, nicht in ihrer Nähe zu sein, wog schwer, doch der Hunger nach Leben hielt mich davon ab, in den nächsten Zug nach Österreich zu steigen.

35

Mutter sagt zu meiner Verwunderung heiser: »Sie kann bleiben.«

Die neue Pflegerin hat sich vorgestellt und Mutter lächelte sogar, als sie ihr die Hand schüttelte. Die Körperpflege, bei der sie mir am Abend hilft, läuft ruhig und ohne Anstrengung ab, sie hat eine Begabung dafür, Menschen richtig anzufassen. Sie stört nicht, wenn sie den Raum betritt, sondern füllt ihn mit einer warmen Ruhe und unaufdringlichen Aufmerksamkeit. Mutter sieht nach dem Waschen zufrieden aus, doch ihr Atem geht schwer, mit schwachen Bewegungen versucht sie, die Decke zurückzustreifen, deren Gewicht sie stört. Ich habe ihr ein handbedrucktes Lavendelkissen auf das Kopfkissen gelegt, das sie sich unter die Wange schiebt und sagt, damit über violett leuchtende Felder im Süden gleiten zu wollen. Das Kissen habe ich vom Christkindlmarkt mitgebracht, auf den mich gestern meine Schulfreundin mitgenommen hat. Beim Abschied hat sie mir den Schlüssel zu ihrer Wohnung in die Hand gedrückt, das Gästezimmer sei bezogen und ich könne jederzeit kommen, auch mitten in der Nacht, wenn es so weit sei, denn ich würde vielleicht nicht mit der toten Mutter allein bleiben wollen. Zuerst war ich etwas verstört über die Direktheit, doch dann habe ich ihr einen Kuss auf die Wange gegeben und konnte gar nichts sagen, dankbar für ihr Vorausschauen auf eine Situation, die sie aus eigener Erfahrung kannte.

Um Mutter ist es stiller geworden, als würde sie sich unmerklich aus ihrem Körper zurückziehen. Selbst sanfte Berührungen scheint sie nicht wahrzunehmen, ich muss sie kräftig anpacken, um sie aus ihrem Dämmerzustand herauszuholen. Ich verzichte darauf, die Windel zu wechseln oder wenigstens nachzusehen, ob sie eingenässt hat, auch wenn es notwendig wäre. Sie verliert kaum noch Urin oder Stuhl, und die geringen Mengen werden nicht dazu beitragen, dass Mutter sich wundliegt. Ich störe ihre Ruhe nicht. Es gilt jetzt, diese kleine Welt hier mit allen Kräften aufrechtzuerhalten, ich kann nicht für später planen, der Gedanke an ein »danach« verbietet sich. Mutter soll behütet und beschützt sein.

36

Als ich Mutter zum Waschen aufwecke, erschrickt sie und weint, bis sie erkennt, wer ich bin. Dann hält sie meine Hand fest umklammert und will sie nicht mehr loslassen. Um sie nicht zu sehr dabei zu stören, sich immer weiter von der körperlichen Welt zu entfernen, versuche ich nur das Nötigste zu tun, doch meine Zurückhaltung scheint für die Pflegerin nicht akzeptabel. Sie kommt aus der Routine des Altenheims und ist es gewohnt, die Toilette effizient zu absolvieren. Sie erzählt mir vom Zeitdruck auf der Station, auf der sie zuletzt gearbeitet hat. Es liegt mir fern, ihre Arbeit zu kritisieren, doch frage ich mich, ob es notwendig ist, Mutters gesamten Körper einzucremen, was ich zaghaft thematisiere.

Mutters Geistesgegenwart überrascht mich angesichts ihres Zerfalls, denn nach der morgendlichen Verwirrtheit flüstert sie, sie wolle nicht, dass ich ihre Orchideen am Fenster mit Wasser versorge, sie hätten ihr in der Nacht erzählt, sie wollten mit ihr gehen. Dann betrachtet Mutter den Adventskranz mit der brennenden Kerze, der auf dem Tisch steht, und sagt kaum hörbar, dass sie mit dem Sterben doch gar nicht bis zum 1. Advent brauchen wollte. Bevor sie wieder die Augen schließt, sage ich ihr, ich würde für sie die Adventslieder singen, die wir früher gemeinsam gesungen haben, was sie mit einem Lächeln quittiert. Ihr Atem beginnt sich zu vertiefen, und ich sehe zu, wie sich der Brustkorb unter der Decke langsam hebt und senkt, beginne zu reden, obwohl Mutter inzwischen eingeschlafen ist, und erzähle ihr von der Angst, die ich habe, dass mich, wenn ich von hier wegfahren werde, eine Trauer überwältigen wird, von deren Ausmaß ich noch keine Ahnung habe. Dann erzähle ich von meinen Zukunftsplänen und darüber, was ich gerne in meinem Beruf noch erreichen würde, von den Arbeiten am neuen Buch, dessen erste Seiten ich ihr vorgelesen hatte. Nach einer Weile hole ich Mutters Fotoalben aus der Vitrine und beginne darin zu blättern, suche nach den Bildern, als sie noch eine junge, hübsche Frau gewesen war, und versuche nachzuerzählen, was ich aus den Schilderungen ihrer Kindheit und Jugend in Erinnerung behalten habe, halte gelegentlich inne, wenn ich unsicher bin.

Nach dem Verlust ihrer Mutter und den ersten Jahren hier hatte sich etwas in ihrem Aussehen geändert. Es wird mir deutlich auf einem Bild, das Mutter gemeinsam mit Vater Ende der Vierzigerjahre zeigt, sie wirkt aufgeschwemmt im Gesicht, hat einen karierten Rock an, dessen Saum schief über ihren Knien hängt, die Strickjacke, die über ihrem Busen spannt, ist aus grober Wolle gefertigt. Vielleicht ist sie mit dem ersten Kind schwanger. Als Mutter hierher in diese Gegend kam, redete sie die Sprache der ehemaligen Naziherren und passte nicht ins neue Bild der Nachkriegszeit, das keine Vergangenheit duldete. Sie hatte mir erzählt, dass Vater stolz auf seine junge Frau gewesen war und sie gehütet hatte wie seinen Augapfel, allen missgünstigen Blicken zum Trotz. Großvater unterstützte sie, wo er konnte, und unternahm Ausflüge mit seinen beiden Enkelbuben, doch die Großmutter und Vaters Schwester ließen Mutter spüren, dass sie keine von ihnen war. Vielleicht spielte es auch eine Rolle, dass Mutter nicht das Schicksal ertragen hatte müssen, das den Frauen hier während der russischen Besatzung widerfahren war, etwas, worüber niemand sprach. In den letzten zwanzig Jahren vermittelte Mutter den Eindruck, als wohnte sie gerne in diesem Ort, wirkte versöhnt mit ihrem Leben, das sie hier geführt hatte. Sie hat sich nie darüber beklagt, hierhergekommen zu sein, manchmal fragte sie, was wohl gewesen wäre, wenn sie in Frankfurt geblieben wäre, in einer Umgebung, wo sie Freundinnen hatte und wo sie auf dem Main gerudert war. Es gibt ein Foto aus dieser Zeit, sie sitzt mit einem Lachen in einem schmalen Boot, die Arme weit nach vorne gestreckt, die Hände umklammern die Enden der Ruder, der Rücken leicht gebeugt, die Knie angezogen, ihre schlanken Unterschenkel von der Sonne gebräunt, die Haare werden von einem breiten hellen Band aus der Stirn gehalten, ihre Augen leuchten verschmitzt.

Die Stunden verfließen während meines Erzählens, und ich rede mich in eine Trance, die den Schmerz des

Abschieds in eine wärmende Trauer umwandelt. Ich sitze an Mutters Bett, neben mir liegen auf dem Tisch die Fotoalben, mein Notizbuch. Daneben steht ein Krug mit Pfefferminztee, von dem ich immer wieder einen Schluck trinke, um den Geschmack der Kindheit auf der Zunge zu spüren. Als ich im Oktober hierherkam, dachte Mutter noch, sie könnte sich über die physischen Gesetze hinwegsetzen und rasch nach der Eröffnung der Diagnose eines unheilbaren Bauchspeicheldrüsenkrebses »ruhig entschlafen«, wie es auf Traueranzeigen heißt. Doch der Körper lässt sich nicht in die Ecke legen, wenn er das ganze Leben lang gekämpft hat, und Mutters Leben war über weite Strecken ein beharrlicher und zäher Kampf, sie wäre sonst nicht so lange bei Vater geblieben, »um die Familie zusammenzuhalten«, wie sie betonte. Mutter und ich haben früher beim Frühstück, oder im Garten unter dem Apfelbaum sitzend, oft über Vater gesprochen. Wir haben versucht, uns eine Vorstellung davon zu machen, woher seine Wut auf diese Welt gekommen war, und sprachen über seine Mutter, die mit Kindern und Mann überfordert war, über die Schläge, die er von seinem Vater bekommen hatte. Vaters Kriegszeit haben wir meist nur gestreift, er habe ihr kaum etwas über die Jahre in der Wehrmacht erzählt, die sechs Jahre, die sie im Krieg getrennt verbracht hatten. Ich bin mit Mutter noch im Sommer die Namen der Ortschaften seiner Stationierungen durchgegangen, die ich bei meinen Recherchen herausgefunden hatte, um damit den Fluss ihrer Erinnerungen anzuregen. Doch ich habe dabei kaum Neues erfahren, irgendwann habe ich meine Nachforschungen abgebrochen. Was er im Krieg erlebt und getan hatte, wird sein Geheimnis bleiben.

37

In der Nacht hat mich Mutter an den Händen gehalten und »ach Spatzl« zu mir gesagt. Heute Morgen ist ihr der Tod ins Gesicht geschrieben. Die Züge sind spitz geworden, die Backenknochen kantig, die Stirn ist glatt, das Kinn kommt deutlich zum Vorschein, die Augen liegen tief in den Höhlen. Wenn sie auf dem Rücken liegt, wölbt sich der Bauch hervor, doch Mutter lässt keine Schmerzen erkennen. Die Darmtätigkeit ist träge, manchmal kommt etwas Luft, wenig dunkler, stark riechender Urin. Ihre Finger sind spindeldürr, die rötliche Farbe ist daraus gewichen, sie sind bleich, fast transparent. Alles scheint zu schmelzen, sich zurückzuziehen, sich aufzulösen, und die Vergänglichkeit wird deutlich, auch weil ihr Wille gewichen ist und sie keine Kraft mehr hat, sich für etwas zu entscheiden. Die Füße sind über den deutlich sichtbaren Knochen wohlgeformt, die Zehen schlanker als noch vor ein paar Wochen, die Ödeme haben sich zurückgebildet, die in den Jahren davor an heißen Tagen das Gehen behindert hatten, wenn das Herz nicht richtig pumpen wollte, was Mutter bei der geringsten Steigung schnell den Atem versagen ließ. Der Prozess des Verschwindens scheint im Gleichgewicht, keine Wunden vom Liegen, die Unterschenkel zeigen keine Krampfadern mehr, die Arme und Beine ebenmäßig. Übrig bleibt der filigran wirkende Körper einer alten Frau, der die Falten und Runzeln ablegt und an Durchsichtigkeit gewinnt, die Schwere hinter sich lässt, in einer elfenbeinfarbenen Zeitlosigkeit. Es ist eigenartig wahrzunehmen, wie sich dieser Körper ohne sichtbares Zutun verändert. Mich schmerzt zu erkennen, dass es nicht mehr möglich ist, diesen Vorgang aufzuhalten, Nahrung in dieses welke Fleisch zu bringen, um es vor dem Verhungern, dem Verdursten, dem Verdorren zu bewahren. Wenn ich auf Mutters Körper blicke, sehe ich wieder Fotos von ihr in jungen Jahren, in einem adretten weißen Zweiteiler, den eleganten Strohhut schräg ins Gesicht gezogen, überlagert von den Bildern an der Leuchtwand des Röntgenbefundzimmers, die grauen Konturen vom Chaos in ihrer Bauchhöhle, das sich im Verlauf des körperlichen Verschwindens ebenso zurückgebildet haben wird, ausgehungert auch der Krebs.

Mutter hat eine weitere Stufe des Sterbens erreicht, sie hat von zehn Uhr morgens bis um sechs Uhr abends ununterbrochen geschlafen, ich konnte sie nicht mehr durch Ansprache oder den Versuch, sie auf die Seite zu drehen, wecken, sie reagierte nicht. Ob sie mich noch hört, kann ich nicht sagen. Ich habe für sie heute aus einem Impuls heraus norwegische Volksweisen in Moll gesungen, leise und getragen, Lieder, die ich gelernt habe, als ich dort zur Schule ging in einem Austauschjahr, in das sie mich damals mit Bedenken entließ. Mutter dachte, ich sei mit sechzehn noch zu jung dafür, doch sie hatte sich nicht an mich geklammert, auch wenn es ihr schwerfiel, mit Vater alleine zurückzubleiben. Als ich in der Maschine saß und unter mir das Flughafengebäude immer kleiner werden sah, stellte ich mir meine Eltern vor, wie sie still nebeneinander standen und hinaufblickten, bis der Punkt am Horizont verschwunden war. Als ich die Rollpisten aus den Augen verlor, wusste ich, dieses Jahr im Ausland würde für mich ein unumkehrbarer Schritt ins Erwachsenenleben werden. Ich stelle mir die Szene von damals vor, blicke zum Fenster hinaus und sehe den bleichblauen Himmel über den kahlen Bäumen, mir erscheint alles, was sich in der Welt draußen abspielt, unendlich weit weg. Ich sehe die Konturen von Mutters Körper unter der leichten weißen Überdecke. Ihr Atem ist unregelmäßig geworden, zunächst vier bis fünf Züge, dann eine Pause, ich zähle bis fünfundzwanzig, bis die nächste Atemfolge wieder einsetzt, das Herz schlägt unrund und schwach unter den Rippen, wenn ich meine Hand auf ihren Brustkorb lege, der Puls ist an den Handgelenken kaum spürbar. Mutters Winterschlaf hat begonnen.

Mein Bruder kommt, um bei Mutter zu wachen, und ich bin froh, die Wohnung, die nun ständig erfüllt ist von Mutters lauten Atemzügen, verlassen zu können. Er steht im Vorraum, und ich bemerke sein Zögern, einzutreten. Die Fürsorglichkeit, die er mir in der letzten Zeit angedeihen lässt, bezeugt eine tiefe Verbundenheit. Wir haben als Geschwister Ähnliches erlebt, das schwer beschrieben werden kann, Stimmungen, Töne und Gesten, die unsere Kindheiten begleitet haben, auch Gerüche, Lichteinfälle oder die Beschaffenheit eines Sofaüberzuges im Wohnzimmer, all das Teil eines Lebens, das uns als Bruder und Schwester gemeinsam gehörte. Wenn seine Eltern auch nicht meine Eltern gewesen sind, weil sie, bereits erschöpft und ermüdet von ihrem Weg, anders mit mir umgegangen sind, nachsichtiger mit dem kleinen Mädchen, so wissen wir beide ganz genau, wovon der andere spricht, wenn es um »damals« geht, um unser »Zuhause«, um unsere Eltern. Es gibt Dinge, die mein Bruder nicht in gleicher Weise mit Mutter geteilt hat, den Schrebergarten, in den ich sie oft begleitet habe, die Blumensträuße, die wir von den Wiesen mitbrachten, die Nachmittage, die wir mit dem Einkochen der Marillen und Zwetschken verbrachten, das Schwimmen im Freibad an den Sommermorgen in den Ferien, das Nähen von Röcken und Kleidern, die langen Nachmittage des gemeinsamen Kartenspiels.

Mutter liegt nach meiner Rückkehr mit halboffenen Augen in den Kissen, sie reagiert nicht, wenn ich sie anspreche. Ich sage mit erhobener Stimme »Mama, ich bin wieder da«, berühre sie sanft, streiche ihr über die Stirn, stelle den Luftbefeuchter näher an ihr Bett, aber ich halte mich zurück, will sie nicht herausholen aus ihrem hellblauen Schutzmantel, der sie in meiner Vorstellung umhüllt. Draußen auf der Terrasse blühen noch drei kleine Rosen in den Töpfen, zwei weiße und eine rosafarbene, eine ist ganz geöffnet und beginnt an den Blütenblatträndern braun zu werden, sie duftet zart mitten im Winter. Die Orchideen am Fenster welken, fünf Blüten hängen müde an zwei Stöcken. Der geschmückte Adventskranz steht tagsüber auf dem Terrassentisch, damit er nicht die Nadeln verliert, ich habe ihm auf seinem Teller ein Beet aus Moos und Zapfen zurechtgemacht, so wird er seinen dunklen Waldduft länger behalten und ihn abends im Zimmer auf dem Tisch in Mutters Nähe verbreiten.

38

Mutter hat die ganze Nacht geschlafen. Ich habe ihrem Atemziehen gelauscht, konnte keine Ruhe finden, habe mich gedreht und herumgewälzt. Bilder aus der Zeit meines Studiums sind aufgetaucht, von einer Ausfahrt mit einem alten Mercedescabriolet zu Ostern, gemeinsam mit Mutter und meinen inzwischen verstorbenen homosexuellen Freunden, die sie an ihrer eigenen Mütter statt gern in ihrer Mitte aufnahmen. Sie lobte deren Höflichkeit und verlieh der feiertäglichen Familieninszenierung durch ihren im Wind wehenden hellblauen Schal und das weißblau karierte Kostüm aus den Sechzigerjahren eine glaubwürdige Note. Schließlich bin ich in einen wenig erholsamen Schlaf gedriftet, aus dem ich mit schweren Gliedern erwache. Ich wecke Mutter nicht, möchte noch eine Weile den Morgen allein verbringen und vertreibe mir die Zeit damit, die Glasvitrine zu öffnen und Gegenstände herauszunehmen, die ich schon lange nicht mehr in Händen gehalten habe, wie das Porzellanosterei mit einem Frühlingsvers von Heine, den Mutter manchmal zitiert hatte. »Leise zieht durch mein Gemüt liebliches Geläute. Klinge kleines Frühlingslied, kling hinaus ins Weite«, eines der vielen Gedichte, die

Mutter auswendig konnte, Relikt eines Bildungskanons aus der Vorkriegszeit.

Mein Bruder kommt bereits am Vormittag und wir sitzen an Mutters Bett, erzählen von früher, und es ist, als würden wir uns für Mutter erinnern. Sie wird unruhig, nachdem er gegangen ist, und ich sage zu ihr, dass alles in Ordnung sei, ich würde bleiben. Es würde noch ein paar Tage dauern und dann würde es vollbracht sein. Ich halte ihre Hand, ganz zart, will sie nur mit einem Hauch meine Anwesenheit spüren lassen. Es ist ruhig in der kleinen Wohnung, bis auf Mutters Atemgeräusch, eine friedvolle Stimmung beginnt sich auszubreiten. In den nächsten Stunden werde ich alleine hier sein, und ich versuche, mich an die Kleider zu erinnern, die Mutter, mit der ihr eigenen Hingabe, über die Jahre für mich genäht hat. Das weiße Rosenkleid taucht in meinem Inneren auf, der grün und beige gestreifte Plisseerock, das langärmlige schwarzrote Dirndl und das bunte Strickkleid. Kaum hörbar beschreibe ich alles, vertieft in die Erinnerung an Szenen, die mir bei jedem Stück in den Sinn kommen, meine Stimme verbindet mich mit Mutter. Stechend drängt sich der Gedanke auf, dass es mit Mutters Tod auch um den Verlust des Ortes geht, an den ich, ohne mich rechtfertigen zu müssen, jederzeit zurückkehren konnte. Noch vor einem Jahr sagte Mutter, ich könne immer zu ihr kommen, falls ich meine Arbeit aufgeben würde, ihre kleine Rente würde für beide zum Leben langen, ich hätte sicher auch noch etwas Erspartes, sie würde mich in Ruhe an meinem Buch arbeiten lassen. Damals fand ich ihren Vorschlag absurd und war eigentümlich berührt, bedankte mich, machte noch einen Scherz, mit dem ich ihre Idee relativierte. Ich habe es erst jetzt verstanden: »Komm einfach nach Hause, hier hast Du immer Deinen Platz.«

Mutter gibt leise Töne von sich, ohne die Augen zu öffnen, ich lüfte die Decke, befeuchte ihre Lippen mit einem Stäbchen. Sie kann keine Bewegungen mehr selbstständig ausführen. Ich platziere vorsichtig ein Kissen zwischen ihren Knien, damit nicht Knochen auf Knochen zu liegen kommt, lege ihr einen nach Arnika duftenden Lappen auf die Stirn, stelle den Ventilator neben ihr Bett, damit sein Lufthauch, im Takt der langsamen Schwenkbewegungen, über Mutters Gesicht streichen kann, wie der Wind, der durch das geöffnete Eisenbahnfenster in die Haare bläst, was sie auf gemeinsamen Reisen immer genossen hatte. Es braucht nicht mehr viel, wenn das Leben sich zurückzieht und der Körper, als Überbleibsel einer irdischen Last, die Nachhut des Verschwindens bildet.

Spät abends kommt mein Bruder wieder, und nachdem er sich bei Mutter eingerichtet hat, stolpere ich durch die Dunkelheit auf einem unbeleuchteten Weg, im Drang auszuschreiten, die Lebendigkeit meines Körpers nicht verkümmern zu lassen. Als ich nach einer Stunde, verschwitzt von meinem Marsch, leise die Wohnung betrete, höre ich bereits im Vorraum das Atemziehen, das sich immer stärker zu verselbstständigen scheint und nichts gemein hat mit dem Atemholen meiner Mutter. Es klingt, als ob eine Maschine den Takt bestimmt, die unerbittlich weiterarbeitet, bis die letzte Reserve an Energie aufgebraucht ist. Mein Bruder und ich wechseln nur wenige Sätze, er wirkt müde, packt tapsig seine mitgebrachten Bücher ein, vielleicht ist er für eine Weile im Lehnsessel eingenickt. Es ist zehn Uhr abends, und die Szene gemahnt an den Schichtwechsel im Werk, wenn der neue Arbeitstrupp die Plätze bezieht, während sich der andere zur Heimfahrt bereitmacht. Ich setze mich an den Tisch, schlage mein Notizbuch auf, bin noch nicht müde, werde noch etwas schreiben, damit ich Ruhe finde. Manchmal sind es Stichworte zu den Ereignissen des Tages oder Ideen für das Buchprojekt, dazwischen kleine Zeichnungen und Skizzen. Ich versuche dem Geräusch, das aus Mutters halbgeöffnetem Mund dringt, nicht zu viel Aufmerksamkeit zu schenken, taste mit meinem Blick suchend im Zimmer umher. Das Bild des Kalenders »Venus mit dem Spiegel« von Velazquez will nicht so recht in den Raum hier passen. Ein weiblicher Akt liegt eingebettet in die starken Farben eines seidenglänzenden blauen Leintuchs und eines roten Vorhanges, die eine Wirkung von Sachlichkeit entfalten und ihn damit der Erotik entheben, als habe der Maler die nackte Frau zwischen Fahnen drapiert und sie damit ihrer sinnlichen Kraft beraubt. Der helle Rücken, in seiner bleichen Eleganz ästhetisch, wirkt tröstlich, gerade hier, im Umkreis der Vergänglichkeit. Doch durch den Spiegel, den ein kleiner Engel, am Bettrand sitzend, ihr entgegenhält, blickt mir nicht nur die junge

Frau entgegen, es ist zur Hälfte auch das dunkel überschattete Antlitz einer Greisin, das in die Tiefe der Zeit verweist.

39

Zu Mittag beim Geläut der Kirchenglocken bete ich anstelle von Mutter laut das Vaterunser. Dann beginne ich ein Gedicht aus einer Anthologie vorzulesen, die ich ihr letztes Jahr geschenkt habe. Mutter hat aus Zeitungen und Illustrierten einige zusätzliche Zettel mit Versen ausgeschnitten und eingelegt, dazwischen das handgeschriebene Rezept für die Geburtstagstorte, die sie mir immer gebacken hatte. Als ich nach den ersten Zeilen innehalte, ist mit einem Mal jeder Laut zu viel, alle Ablenkung sinnentleert, und es ist die Stille zwischen den Atemzügen, die ihren Platz beansprucht, nicht mein Vortrag. Sie soll hinübergleiten, ich will sie nicht halten, binden, an die Geräusche der Welt, an die Stimmen der Lebenden. Vielleicht hört sie inzwischen andere Töne, Klänge, die mit dem Hier und Jetzt nichts zu tun haben. Wenn ich sie anfasse, dann ist da noch eine Wärme, das Leben in den schwächer werdenden Gliedmaßen, die warme Stirn.

Ich wasche Mutter gemeinsam mit der Pflegerin sehr behutsam. Wir betten sie vorsichtig, sie reagiert kaum mehr, wird nicht wach, wenn wir sie drehen und wickeln, in aller gebührenden Langsamkeit, mit leisen begleitenden Kommentaren zu den nächsten Handgriffen, um sie nicht zu erschrecken. Die Zahnprothesen setze ich nicht mehr ein, auch die Augentropfen träufle ich nur zögernd an die Ränder der geschlossenen Lider. Nach getaner Arbeit setze ich mich müde in den Lehnstuhl und spüre, wie die Anspannung in meinen Gliedern nachlässt, die Unsicherheit einer Zufriedenheit Platz macht, wenn ich auf Mutters Züge sehe. Im Schein der Kerze schreibe ich am Computer, den ich auf den Knien platziert habe, an Mutters Lebenslauf. Ich werde den Text dem jungen Pfarrer geben, wenn es dann so weit ist. Es werden einige Menschen zum Begräbnis kommen, mit denen sie nicht eng befreundet war und die sie nur aus der Ferne kannten, mit ihr im Chor gesungen, gemeinsam bei der Volkshilfe gearbeitet haben. Was kann ich über Mutter berichten, ohne etwas preiszugeben, das ihr unangenehm sein könnte? Von dem Selbstmordversuch mit Tabletten, in der Zeit, als ich in Graz studierte, hat Mutter niemandem erzählt, mit niemandem ihre Verzweiflung geteilt, die sie befiel, wenn es um Vater ging, seine nicht enden wollende Trunksucht. Sie sagte später, sie hätte keinen Ausweg mehr gesehen, weil sie wusste, Vater würde niemals einen Entzug machen. Sie hätte keine Kraft gehabt, sich von ihm zu trennen. Nachdem sie sich von der Tablettenvergiftung erholt hatte und man sie aus dem Krankenhaus wieder nach Hause entließ, holte ich sie zu mir in meine Studentenwohnung. Sie kehrte nicht mehr zu Vater zurück, begann als Aushilfskraft in der Altenbetreuung im Stundenlohn. Es bereitete ihr Freude und machte sie sichtlich stolz, endlich ihre Unabhängigkeit erlangt zu haben, auch wenn sie nicht viel verdiente und mit sechzig Jahren in einer Einzimmerwohnung mit Toilette auf dem Gang nicht gerade bequem wohnte. In der Zeit, die dann folgte, wurde unser Kontakt unbeschwerter, ich musste mir keine Sorgen mehr um sie machen, denn sie war oft mit ihren Chorkollegen und den neuen Nachbarn auf Reisen, holte nach, wie sie sagte, was sie über die Jahre versäumt zu haben glaubte, schrieb Ansichtskarten von Bergausflügen und vom Meer in Ägypten. Mir blieb die Sorge um Vater, dem ich in seiner ihm eigenen Sturheit kaum das Leben erleichtern konnte. Aber das ist eine andere Geschichte, sie liegt zurück in den Anfängen meiner Arbeit als Turnusärztin, als ich ihn übermüdet nach meinen Nachtdiensten besuchte, um seine Wohnung und Wäsche in Ordnung zu halten, was er oft nicht zulassen wollte. Nach Vaters Tod befiel mich ein Gefühl der Leere, ein Gefühl, »aus der Welt gefallen zu sein«, etwas, wovor ich mich fürchte, wenn dann auch Mutter gegangen ist.

Heute singe ich keine Adventslieder für Mutter, stattdessen laufen im Hintergrund kaum hörbar gregorianische Weihnachtschoräle, eine CD, die Mutter von mir geschenkt bekommen und die sie gerne gehört hat. Der bedächtige, erhabene Singsang erfüllt das Wohnzimmer, lenkt mich ab von Mutters Atemaussetzern, die mich unweigerlich zum Lauschen zwingen. Ich habe ein neues Schmerzpflaster auf Mutters Rücken geklebt und das

Datum darauf geschrieben. Sie träumt, die Augen zucken unter den Liedern, ihr Gesicht wirkt angespannt. Nah an ihrem Ohr flüstere ich, es gäbe keine bösen Geister im Raum, das Christusbild leuchte am Fenster und würde sie beschützen. Sie habe in ihrem Leben, soweit ich wüsste, nichts Böses getan, und wenn doch, dann sei es bereits gesühnt.

Vor einigen Tagen hat sie zu mir gesagt, ich käme ihr vor wie ein Spatz, der aus dem Nest gefallen ist. Doch ist es nicht vielmehr ihre eigene »Spatzhaftigkeit«, mit der sie selbst aus einem behüteten Nest fiel, weil sie so früh von ihrer Mutter Abschied nehmen musste? Ich werde ein wenig Weihrauch verbrennen, um sie damit einzuhüllen. Zur Weihnachtszeit haben wir früher auf dem Holzofen in der Küche die wohlriechenden Harzklumpen schmelzen lassen, und ich war fasziniert von den dichten kleinen Rauchwolken, die im Nu die Wohnung mit ihrem Duft erfüllten. Mutter hatte gemeint, das sei gegen die Geister des Winters, während der Raunächte müsse man auf der Hut sein. Vielleicht kann sie den Schutz brauchen, um gut über die Schwelle zu treten, die sie jetzt zu überschreiten noch nicht im Stande ist. So gerne würde ich ihr helfen, aber ich werde es nicht mit einer größeren Dosis Schmerzmittel tun, Mutter soll ohne Schmerzen, aber auch ohne starke Betäubung den letzten Weg gehen, wenn ich jetzt zum Medikament greifen würde, würde ich sie töten.

40

Mutters Augen sind gebrochen, die Lider stehen halb offen. Seit fünf Uhr nachmittags hat sie begonnen, fast pausenlos laut Atem zu ziehen, als ob ihr ein Kloß im Hals steckte. Bei der Abendtoilette ist Mutters Körper steif. Stillschweigend kleide ich Mutter mit Hilfe der Pflegerin in ein neues Nachthemd, um den scharfen Uringeruch zu beseitigen. Es kostet mich Überwindung, ich habe Angst, ihre Glieder würden bei der geringsten Berührung auseinanderbrechen. Die Stirn ist kühl geworden, die Hände, die Füße, die Zehen, und bald wird der ganze Körper kalt sein.

Heute ist Frau Gabriel wieder zurück, sie kommt vorbei, nachdem mein Bruder gegangen ist, sie will in ihrer zurückhaltenden und fürsorglichen Art nicht die Familie stören. Während ich die beiden Frauen eine Weile alleine lasse und nach draußen gehe, um eine Runde in der nächtlichen Stadt zu drehen, betrachte ich alles mit dem wehmütigen Blick des Abschiedes, denn später werde ich kaum noch Zeit in der Stadt meiner Kindheit verbringen. Zurück in der Wohnung sagt Frau Gabriel, als sie sich den Mantel im Vorraum überstreift, Mutter würde diese Nacht nicht überleben. Es klingt eigenartig, wenn sie ausspricht, was bereits spürbar ist. Sie sagt, sie würde vorbeikommen, wenn ich ihre Hilfe bräuchte, ich sollte mich melden, jederzeit. Nachdem sie die Türe hinter sich leise ins Schloss gezogen hat, setze ich mich neben Mutter und halte ihre Hand, ich beobachte den Atem, der schwer ist und jetzt immer wieder stockt. Das Sterben hat eingesetzt. Mutter ist weit weg. Ich habe ihren Lebenslauf vollendet, ungeschönt, liebevoll. Es war kein leichtes, kein fröhliches Leben, und ein Teil davon hat sich auf mich übertragen. Irgendwann im letzten Sommer, als wir abends auf der Terrasse ihrer Wohnung gesessen sind, hat Mutter gesagt »Es wird besser, wenn ich tot bin, dann bist Du frei«. Es wird nicht so sein. Ich halte ihre Hände, sie sind wärmer geworden, als ob der Tod noch einmal zurückgewichen wäre, doch es ist meine eigene Wärme, die sich auf Mutter übertragen hat. Ich werde schwer und müde. Ich werde mich kurz im Nebenzimmer ausstrecken, nur einen Moment. Bitte Mutter lass los.

Aufgewacht um halb vier am 1. Dezember – Mutter ist fortgereist für immer.

Am Morgen bevor mein Bruder kommt, um mit mir gemeinsam das Begräbnis vorzubereiten, wechsle ich das Kalenderblatt auf das erste Dezemberbild. Stillleben mit Obst und Hummer von Pieter de Ring. Mutters Proviant für unterwegs. Ein letztes Glas voll funkelndem, lichterfülltem Wein. Mit einer ausholenden Geste meiner rechten Hand proste ich ihr zu. Auf Dein Leben, Mama.